AF355920

RABELAIS

GARGANTUA

PANTAGRUEL

ILLUSTRATIONS DE LOUIS·MORIN

Gargantua et Pantagruel

LES GRANDES ŒUVRES

PAGES CÉLÈBRES ILLUSTRÉES

Publiées avec introduction et notes, par

TEODOR DE WYZEWA

HOMÈRE :: *L'Iliade.* Illustrations en couleurs de CLÉMENT GONTIER.

RABELAIS :: *Gargantua et Pantagruel.* Illustrations en couleurs de LOUIS MORIN.

RABELAIS

Gargantua et Pantagruel

VINGT-QUATRE PLANCHES HORS TEXTE EN COULEURS

de Louis MORIN

PARIS

HENRI LAURENS, ÉDITEUR

6, RUE DE TOURNON, VIᵉ

INTRODUCTION

Les circonstances véritables de la vie de François Rabelais nous sont, en général, très peu connues, sous l'énorme quantité de légendes que se sont plu à recueillir ses premiers biographes. Nous ignorons, par exemple, la date précise de sa naissance, dont nous savons seulement qu'elle eut lieu dans la ville de Chinon, en Touraine, aux environs de l'année 1485 ; et il n'est pas du tout certain, non plus, que le père de l'auteur de *Pantagruel* ait tenu dans cette ville l'hôtellerie de la *Lamproie*, ainsi que l'affirme une très ancienne tradition locale. Mais, du moins, pouvons-nous être sûrs que les moines de l'abbaye bénédictine de Seuillé, — si vraiment ils ont eu l'honneur d'avoir le jeune François parmi leurs élèves, — n'auront pas manqué d'apprécier déjà les merveilleuses clarté, vigueur, et souplesse naturelles de son esprit, et que c'est sur le conseil de ces premiers maîtres, autant et plus que sous l'effet d'une profonde vocation intérieure, que le futur auteur de *Pantagruel*, tout de suite au sortir de ses études classiques, aura résolu de se consacrer à la vie religieuse.

Admis en qualité de novice au couvent des Cordeliers de Fontenay-le-Comte, il y fut ordonné prêtre en 1511, et y vécut ensuite dix ou douze années parfaitement heureuses, tout employées à se remplir la mémoire de l'étonnant trésor de connaissances diverses qu'allait révéler bientôt chacune des pages de son fameux roman. Dès 1521, sa science d'helléniste commençait à lui valoir les sympathies de quelques-uns des plus éminents érudits du royaume ; et lorsque, trois ans plus tard, les supérieurs de son couvent parurent enfin vouloir s'effaroucher du caractère trop exclusivement profane de ses occupations favorites, ce fut par l'entremise de l'évêque du diocèse, devenu désormais son plus zélé protecteur, qu'il obtint du pape Clément VII la permission d'aller continuer librement ses travaux dans une abbaye de l'ordre de saint Benoît, — où il ne séjourna d'ailleurs que fort peu de temps, puisqu'au début de 1530 nous le retrouvons étudiant la médecine à la Faculté de Montpellier. Encore fut-il forcé, faute de ressources, de quitter également cette ville elle-même au bout de quelques mois, avant d'avoir réussi à y conquérir le bonnet de docteur.

A Lyon, où il s'est installé vers la fin de la même année 1530, l'ex-cordelier exerce à la fois les deux professions de « médecin du Grand Hôpital du pont du Rhône » et de « correcteur d'épreuves » dans l'imprimerie de Sébastien Gryphius ; et tout porte à supposer que c'est ce dernier emploi qui lui fournit l'occasion de faire connaissance, parmi d'autres ouvrages imprimés sous ses yeux, avec un vieux roman populaire : *Les Grandes et Inestimables Chroniques du grand et énorme géant Gargantua,* — sans qu'il y ait du reste l'ombre de vraisemblance à le tenir lui-même pour l'auteur de cette plate et banale « chronique », dont le seul mérite est de lui avoir inspiré l'idée de s'essayer, à son tour, dans un genre analogue. Car c'est évidemment pour donner une suite, ou un « pendant », à l'ancienne légende de *Gargantua* que François Rabelais fait paraître à Lyon, en novembre ou décembre 1532, sous le pseudonyme de « maître Alcofribas Nasier » (anagramme de son nom), un petit volume intitulé : *Pantagruel, roi des Dypsodes, restitué à son naturel, avec ses faits et prouesses épouvantables,* volume qui deviendra plus tard le « second livre » du grand roman appelé dorénavant *La Vie de Gargantua et de Pantagruel.*

Ce début littéraire du jeune médecin ne semble pas, cependant, avoir éveillé dès l'abord la curiosité du public, malgré l'honneur que lui fait la Sorbonne en le censurant ; et la situation matérielle de Rabelais continue à demeurer assez misérable jusqu'au jour où il a l'heureuse chance de rencontrer, à Lyon, l'un de ses correspondants ou amis d'autrefois, l'évêque de Paris Jean du Bellay, qui aussitôt l'emmène à Rome, et pendant plusieurs années l'y garde auprès de soi. Grâce à lui, Rabelais reçoit du pape Paul III, en 1535, le titre de chanoine de l'abbaye de Saint-Maur, avec pleine permission d'exercer la médecine : sur quoi, il s'empresse de retourner à Montpellier, pour s'y faire enfin délivrer son diplôme de docteur. Et c'est aussi à

Rome, selon toute probabilité, qu'il écrit cette *Vie très horrifique du Grand Gargantua* qui va constituer, depuis lors, le « premier livre » de son *Pantagruel*.

Entre la publication de ce volume, en 1535, et celle du « tiers livre », treize années s'écoulent sur lesquelles, de nouveau, les documents authentiques n'ont presque rien à nous apprendre. Tout au plus découvrons-nous que l'installation de Rabelais à Saint-Maur ne l'a pas empêché de satisfaire librement son humeur vagabonde, tantôt visitant ses amis à Paris, à Bordeaux, ou en Normandie, tantôt séjournant à Chinon auprès d'un certain « apothicaire », son très proche parent. Et voici que, tout d'un coup, en 1546, nous le trouvons émigré à Metz, où ses fonctions de « médecin de la cité » et les 120 livres de pension qu'elles lui rapportent ne paraissent guère l'avoir enrichi : car une lettre qu'il écrit, vers ce même temps, à son ami et protecteur Jean du Bellay n'est remplie que de doléances sur sa « vie frugale » et son dénuement. Dénuement que nous ne saurions d'ailleurs trop bénir si, comme on peut le penser, c'est à lui que Rabelais a dû de se remettre à la composition de son roman, interrompue depuis plus de dix ans. Toujours est-il que, fort peu de temps après, il publie, chez le libraire parisien Chrétien Vecchel, rue Saint-Jacques, à l'Écu de Bâle, son *Tiers Livre des Faits et Dits héroïques du noble Pantagruel*, en signant, cette fois, de son vrai nom : « François Rabelais, docteur en médecine et caloyer des Iles d'Hyères », — ces derniers mots ayant à être considérés, sans doute, comme une plaisanterie. Le volume s'accompagne, en outre, d'un *privilège royal*, où les *Faits et Dits de Pantagruel* sont loués comme étant « non moins utiles que délectables »; et Rabelais nous assure même que, la Sorbonne ayant encore manifesté l'intention de condamner son ouvrage, le roi François Ier s'est fait lire plusieurs morceaux de celui-ci et a déclaré n'y avoir aperçu « aucun passage suspect ».

L'année suivante, le cardinal du Bellay emmène de nouveau son ami à Rome, d'où l'auteur de *Pantagruel* envoie au cardinal de Guise, en 1549, un long et pittoresque récit des « fêtes célébrées dans le palais de Monseigneur révérendissime cardinal du Bellay pour l'heureuse naissance de Monseigneur d'Orléans », fils du jeune roi Henri II. Cette dédicace de son écrit au puissant favori du roi procure à Rabelais l'amitié des Guise, qui, en 1550, ayant acheté à la duchesse d'Étampes sa terre de Meudon, le font nommer curé de ce village. Mais comme, d'autre part, la famille des Châtillon semble devoir de plus en plus disputer aux Guise la faveur royale, c'est au cardinal Odet de Châtillon, l'un des membres de cette famille, que le nouveau curé de Meudon dédiera, deux années plus tard, son *Quart Livre de Pantagruel,* publié à Paris chez Michel Fézendat. Ou plutôt Rabelais, au moment où il fait paraître cette quatrième et dernière partie de son roman, n'a plus droit au titre de curé de Meudon, ayant été forcé de résilier sa cure dès les premiers jours de l'année 1552 ; et, aussi bien, avons-nous maintes raisons de penser que celui que les siècles vont appeler le « joyeux curé de Meudon » n'a jamais considéré cette cure que comme un simple « bénéfice », n'impliquant nullement pour lui l'obligation d'habiter l'aimable village qui l'honore aujourd'hui comme la plus éclatante de ses gloires locales. Ajouterai-je que, pareillement, la fameuse « jovialité » de Rabelais dans sa vie privée semble bien n'avoir été qu'une fable imaginée à plaisir, dès son vivant, par les lecteurs de son livre, sans que l'ombre d'un document digne de foi nous autorise à reconnaître un « joyeux compagnon » dans cet érudit doublé d'un habile politique, et dont l'existence entière nous apparaît partagée entre l'étude et la fréquentation des plus hauts personnages de son temps ? Le roi Henri II lui-même, suivant l'exemple de son père, n'a-t-il pas daigné lui témoigner, à diverses reprises, l'estime toute particulière dont il l'honorait, et notamment par la manière dont, après la publication du *Quart Livre,* il a bien voulu user de son autorité pour lever l'interdit que venait de prononcer contre ce volume le Parlement de Paris, sans doute à l'instigation des docteurs de la Sorbonne ?

Et depuis cette date de 1552 jusqu'à la mort de Rabelais, toutes les recherches des biographes ont échoué à découvrir un seul fait positif. Il n'y a pas jusqu'au lieu et à l'année de la mort de Rabelais que nous n'ignorions de la façon la plus complète, — sauf pour nous à pouvoir conclure, de cette absence même de tout document postérieur à 1552, que l'auteur de *Pantagruel* a dû mourir assez peu de temps après la publication de son *Quart Livre*; et cette conclusion suffirait, à son tour, pour nous interdire d'attribuer à l'écrivain tourangeau une médiocre satire protestante publiée sous son nom dix ans après son *Quart Livre,* et présentée comme étant un *Cinquième Livre* de son roman. Mais, d'ailleurs, ni la langue ni l'intention de ce pamphlet, employé en grande partie à la description d'une *Ile sonnante* où règne un « Papegaut » ayant sous ses ordres une foule de « cardingaux », d' « évêquaux », et de « prêtregaux », n'offrent la moindre ressemblance avec celles que nous fait voir l'œuvre authentique de Rabelais ; et si celui-ci, dans les derniers chapitres de son *Pantagruel*, ne s'est pas privé de railler les mœurs et coutumes de la Cour romaine de son temps, nous savons assez que, d'autre part, les doctrines religieuses et les ambitions politiques des Réformés étaient fort loin de rencontrer, chez lui, la sympathie respectueuse qui se laisse deviner à chaque page de ce soi-disant *Cinquième Livre*.

Aussi bien est-il curieux d'observer que personne, parmi les contemporains de Rabelais, ne s'est montré plus sévère que Calvin lui-même, à l'égard du livre de ce prétendu calviniste. Dans son *Traité des Scandales*, le réformateur de Genève, après avoir constaté l' « aveuglement » de plusieurs écrivains sceptiques de son temps, au premier rang desquels il nomme Rabelais, définit leur « impiété » en ces termes, — évidemment dirigés de la façon la plus expresse contre l'auteur de *Pantagruel* : « Les chiens dont je parle, pour avoir plus de liberté à dégorger leurs blasphèmes sans répréhension, font les plaisants. Ils voltigent par les banquets et compagnies joyeuses, et là, en causant à plaisir, ils renversent, autant qu'en eux est, toute crainte de Dieu. Il est vrai qu'ils s'insinuent par petits brocards et farceries, sans faire semblant de tâcher sinon à donner du passe-temps à ceux qui les écoutent : néanmoins leur fin est d'abolir toute révérence de Dieu. » Et, au contraire, l'un des plus fervents admirateurs de Rabelais, au xviᵉ siècle, a été le célèbre cardinal du Perron, qui fut, comme l'on sait, l'un des chefs du parti catholique. A tous les jeunes écrivains qu'on lui présentait, « il ne manquait jamais de demander : *Avez-vous lu l'auteur ?* » Cet auteur tout court était Rabelais. Vers le même temps, l'aimable érudit Étienne Pasquier louait Rabelais « de s'être rendu non pareil dans les gaîtés qu'il mit au jour, se moquant de toutes choses »; et pareillement Montaigne, dans le huitième chapitre du livre II de ses *Essais*, écrivait : « Entre les livres simplement plaisants, je trouve dignes qu'on s'y amuse, chez les modernes, le *Décaméron* de Boccace et Rabelais. »

Le livre de celui-ci, d'ailleurs, n'avait pas eu à attendre longtemps pour acquérir cette popularité qu'il allait toujours conserver depuis lors. Du vivant même de Rabelais, nombre d'écrivains s'étaient ingéniés à imiter un auteur dont la verve, toute « gauloise »,s'était très vite imposée à l'admiration, ou plutôt à l'affection familière de toutes les classes du public français : les uns d'entre eux se bornant à fabriquer de simples et grossières contrefaçons de son livre, tandis que d'autres, comme l'amusant Noël du Fail, s'en inspiraient déjà pour créer des œuvres bien moins profondes, à coup sûr, que l'*Histoire de Gargantua et de Pantagruel*, mais presque aussi riches en invention comique. Plus tard, à partir de la seconde moitié du XVIᵉ siècle, on peut dire que cette imitation de Rabelais s'est poursuivie d'âge en âge, dans notre littérature nationale, où elle s'est traduite sous les formes les plus diverses ; et sa trace nous apparaît très clairement jusque dans des chefs-d'œuvre tels que les comédies de Molière ou les contes de Voltaire, sans parler de cette puissante et délicieuse fantaisie « rabelaisienne » que sont les *Contes drôlatiques* d'Honoré de Balzac. Antérieure de près d'un demi-siècle aux *Essais* de Montaigne, l'*Histoire de Gargantua et de Pantagruel* n'est pas seulement le premier en date des monuments de notre prose française : jamais peut-être celle-ci n'a produit un ouvrage destiné à vivre sans arrêt parmi nous d'une vie aussi intense, aussi active, et aussi fructueuse.

Il me resterait encore à définir en quelques mots le caractère, la signification et l'intérêt véritables de ces quatre « livres » de *Pantagruel*, qui, avec la susdite relation dédiée au cardinal de Guise et une brève *Pronostication Pantagruéline*, constituent aujourd'hui toute l'œuvre connue de François Rabelais : mais c'est là une entreprise éminemment difficile, et où aucun commentateur, il faut bien l'avouer, n'a réussi jusqu'à présent aussi parfaitement qu'on l'aurait souhaité. Le fait est qu'on ne saurait imaginer une œuvre à la fois plus originale et plus complexe, plus différente de tous les autres monuments classiques de notre littérature et se montrant à nous sous des aspects plus divers. Je l'ai appelée, tout à l'heure, un roman : mais ce roman est, en même temps, une façon de poème, et un pamphlet, et l'exposé d'une doctrine philosophique et morale, et puis encore une « farce » gigantesque, dont la drôlerie sans pareille a de quoi nous amuser encore au moins autant qu'il y a quatre siècles. J'ajouterai que c'est également une « compilation » érudite, où l'auteur ne se fatigue pas de recueillir tout ce qu'il a trouvé de curieux dans la masse énorme de ses lectures. Non seulement il ne cesse pas d'entremêler à son texte des citations d'une foule d'écrivains de l'antiquité ou du moyen âge : très souvent des inventions ou des expressions que nous croyons lui appartenir en propre ne sont, elles-mêmes, que des emprunts à peine déguisés. « En un certain sens, écrivait très justement Brunetière, nous ne connaissons que bien peu de ses trouvailles qui soient vraiment à lui. Le sacré, le profane, l'antique et le moderne, il a puisé partout avec une liberté qui lui vaudrait, de nos jours, l'accusation de plagiat éhonté. En veut-on des exemples ? Les termes qu'il a mis dans la bouche de son Écolier Limousin, il les a textuellement tirés du *Champ-fleuri* de l'imprimeur Geoffroy Tory ; et l'*Énigme trouvée dans les fondements de l'abbaye des Thélémites* est tout entière copiée de Melin de Saint-Gelais... Curieux, avide, ou pour mieux dire glouton de tout ce qui s'imprime en son temps, on le voit piller jusqu'aux Rhodiginus et jusqu'aux Calcagnini. »

Et cependant, il n'y a pas une des pages de *Pantagruel* qui ne porte à un très haut degré la marque distinctive de l'esprit aussi bien que du style de François Rabelais. Sous les doigts de ce magicien, toutes choses aussitôt se transforment, deviennent plus réelles et vivantes, acquièrent pour nous cet attrait mystérieux qui toujours, en présence du chef-d'œuvre de « maître Alcofribas Nasier », nous contraint à oublier notre antipathie instinctive non seulement à l'égard d'un bon nombre des sujets où se complaît la fantaisie de l'auteur, mais parfois même à l'égard des principes esthétiques et moraux dont nous le sentons inspiré. Infailliblement nos préventions se dissipent, lorsque nous rouvrons le livre immortel. Un étrange pouvoir de séduction nous envahit, contre lequel nous tenterions vainement de nous défendre ; et, de chapitre en chapitre, Rabelais nous entraîne à sa suite presque malgré nous, ou du moins sans que nous réussissions à nous rendre compte du secret de cette savoureuse et puissante beauté qui s'impose à nous.

Expliquera-t-on le sortilège en affirmant que Rabelais est un poète de race, enivré à jamais de cette révélation soudaine de l'univers extérieur qui passe à bon droit pour l'un des traits les plus distinctifs du célèbre mouvement intellectuel de la Renaissance ? Certes, peu de livres sont animés d'un souffle lyrique aussi fort; et un morceau comme l'éloge de Messire Gaster, par exemple, égale en intensité d'émotion tout ce que notre poésie contemporaine a produit de plus magnifique : mais il n'en reste pas moins que la jouissance que nous apporte la *Vie de Pantagruel* n'a rien de commun avec celle que nous éprouvons à la lecture des pages même les plus familières des autres poètes, d'un Ronsard ou d'un La Fontaine, d'un Victor Hugo ou d'un Michelet. Ou bien soutiendra-t-on que la source de la séduction de Rabelais réside, par-dessus tout, dans l'incomparable fraîcheur, variété, et richesse pittoresque de son style, réunissant en soi

toute la sève de notre vieux langage populaire et toute la précision
avec tout le relief des langues classiques ? Oui, il est bien vrai qu'aucune prose ne nous procure, à ce point de vue, un ravissement plus
constant ni plus délicieux ; et pareillement, il est vrai que personne
ne saurait s'empêcher d'être reconnaissant à l'écrivain tourangeau
de la saine, et profonde, et durable gaieté qui jaillit de son œuvre.
« Pour ce que rire est le propre de l'homme », nous a-t-il dit lui-
même, et comment ne pas accorder une gratitude sans fin à l'auteur
qui, non content de nous révéler ce principe de notre nature humaine,
mieux que nul autre a réussi à nous en prouver la parfaite justesse ?
Mais rien de tout cela ne suffit à motiver le sentiment singulier
d'affection tout intime, et quasi personnelle, qui, depuis quatre
cents ans, se réveille en nous à la seule mention du nom de Rabelais.
Phénomène littéraire tout à fait unique, et dont l'explication la
plus satisfaisante se trouverait, peut-être, dans le mélange manifeste
de passion et d'amusement avec lequel le « joyeux curé de Meudon »
a procédé lui-même à la création de son œuvre. Jamais auteur n'a
mis plus complaisamment son âme tout entière à concevoir et à écrire
jusqu'aux moindres épisodes de l'un de ses ouvrages, n'a fait aussi
ardemment de cet ouvrage l'unique objet de toute sa pensée; et
de là vient, sans doute, la différence foncière que nous découvrons
entre le *Pantagruel* et tout le reste des chefs-d'œuvre de nos lettres
françaises. D'autres livres sont plus riches d'idéal, ou d'un art plus
noble et plus délicat : mais ce livre-là a sur eux l'avantage, en quelque sorte, d'être moins un « livre », une chose forcément inerte et
sans vie; et l'inépuisable éclat de rire que nous nous émerveillons
d'y entendre ne nous apparaît si sonore et si contagieux que parce
qu'il nous arrive, tout droit, des lèvres mêmes et du cœur de François Rabelais.

T. W.

louis morin

GARGANTUA ET PANTAGRUEL

∞ I ∞

Prologue. Buveurs très illustres (car à vous, non
à autres, sont dédiés mes écrits), Alci-
biades, au dialogue de Platon intitulé *le Banquet*, louant son précepteur
Socrates, sans controverse patron des philosophes, le dit être semblable aux
Silènes. Silènes étaient jadis petites boîtes telles que voyons à présent
ès boutiques des apothicaires : peintes, au-dessus, de figures joyeuses et
frivoles, comme des harpies, satyres, oisons bridés, lièvres cornus, canes
bâtées, boucs volants, et autres telles peintures contrefaites à plaisir
pour exciter le monde à rire, ainsi que le vieux Silène, maître du bon
Bacchus : mais au dedans l'on réservait les fines drogues, comme baumes,
ambre gris, amomon, musc, civette, pierreries, et autres choses pré-
cieuses. Tel Alcibiades disait être Socrates : parce que, le voyant au
dehors, et l'estimant par l'extérieure apparence, n'en eussiez donné une
rouelle d'oignon, tant laid il était de corps, et ridicule en son maintien,
le nez pointu, le regard d'un taureau, le visage d'un fol, simple en mœurs,
rustique en vêtements, pauvre de fortune, impropre à tout office de la
république, toujours riant, toujours buvant, toujours se moquant, toujours dissimulant son divin savoir. Mais, ouvrant cette boîte, eussiez au
dedans trouvé une exquise et inappréciable drogue, entendement plus
qu'humain, vertus merveilleuses, courage invincible, sobriété non
pareille, contentement certain, assurance parfaite, méprisement
incroyable de tout ce pourquoi les humains tant veillent, courent, tra-
vaillent, nagent, et bataillent.

A quel propos, en votre avis, tend ce prélude et coup d'essai ? C'est
parce que vous, mes bons disciples, et quelques autres fols de loisir,
lisant les joyeux titres de certains livres de notre invention, comme

1

Gargantua, Pantagruel, Des Pois aux Lards cum Commento, jugez trop facilement n'être au dedans traité que moqueries, folâtreries, et menteries joyeuses : vu que l'enseigne extérieure (c'est-à-dire le titre), sans plus avant s'enquérir, est communément prise en dérision. Mais avec telle légèreté ne convient estimer les œuvres des humains : car vous-mêmes dites que l'habit ne fait pas le moine ; et tel est vêtu d'habit monacal qui, au dedans, n'est rien moins que moine, et tel est vêtu de cape espagnole qui, en son courage, nullement n'a rapport à l'Espagne. C'est pourquoi autant ouvrir le livre, et soigneusement peser ce qui y est déduit. Lors connaîtrez que la drogue contenue dedans est de bien autre valeur que nous promettait la boîte : c'est-à-dire que les matières ici traitées ne sont pas tant folâtres comme le titre, au-dessus, le prétendait.

Et, posé le cas que, au sens littéral, vous trouviez matière assez joyeuse, ou bien correspondant au nom, toutefois ne faut pas en demeurer là, comme au chant des sirènes, mais interpréter dans un plus haut sens ce que d'abord vous pensiez être dit en gaieté de cœur. Vîtes-vous oncques un chien rencontrant quelque os médullaire? C'est, comme dit Platon, la bête du monde la plus philosophe. Si vous l'avez vu, vous avez pu noter de quelle dévotion il le guette, de quel soin il le garde, de quelle ferveur il le tient, de quelle affection il le brise, et de quelle diligence il le suce. Qui donc l'induit à ce faire? Quel est l'espoir de son étude ? Quel bien prétend-il? Rien de plus qu'un peu de moelle. Vrai est que ce peu est plus délicieux que le beaucoup de tout autre chose, parce que la moelle est aliment élaboré à perfection de nature, comme le dit Galénus (1).

A l'exemple de cette bête, vous convient d'être sages, pour fleurer, sentir, et estimer ces beaux livres de haute graisse. Puis, par curieuse lecture et méditation fréquente, vous convient rompre l'os et sucer la substantifique moelle, avec espoir certain d'être fait plus sages à ladite lecture : car en icelle trouverez bien autre goût, et doctrine plus absconse, laquelle vous révélera de très hauts secrets et mystères horrifiques, tant pour ce qui concerne notre religion qu'aussi l'état politique et vie économique.

Aussi est-ce pour moi le moment d'écrire ces hautes matières et sciences profondes, comme bien savait faire Homère, modèle de tous écrivains, et Ennius, père des poètes latins ainsi qu'en témoigne Horace, quoi-

(1) Le médecin Galien.

qu'un malotru ait dit que ses chants sentaient plus le vin que l'huile.

Autant en dit un Turlupin de mes livres : mais bran pour lui ! L'odeur du vin, oh ! combien plus est friande, riante, priante, plus céleste et délicieuse que d'huile ! Et quant à moi, je prendrai autant à gloire qu'on dise de moi que j'ai dépensé plus en vin qu'en huile que fit Démosthène quand de lui on disait que plus en huile qu'en vin dépensait. Pour moi n'est qu'honneur et gloire d'être dit et réputé bon gautier et bon compagnon : en ce nom, suis bien venu en toutes bonnes compagnies de Pantagruélistes. A Démosthène fut reproché par un esprit chagrin que ses oraisons sentaient comme la serpillière d'un vilain et sale huilier. Et donc, interprétez tous mes faits et mes dits du côté le plus parfait, ayez en révérence le cerveau caséiforme qui vous repaît de ses belles billevesées, et vous-mêmes, selon votre pouvoir, tenez-moi toujours joyeux !

Or, ébaudissez-vous, mes amis, et gaîment me lisez tout à l'aise ! Et que vous souvienne de boire à ma santé pour la pareille, et moi, je vous répondrai immédiatement !

De la généalogie et antiquité de Gargantua. Je vous renvoie à la grande chronique pantagruéline pour connaître la généalogie et antiquité d'où nous est venu Gargantua (1). En icelle vous entendrez plus au long comment les géants naquirent en ce monde, et comment d'iceux, en ligne directe, sortit Gargantua, père de Pantagruel ; et ne vous fâchera si, pour le présent, je m'en dispense...

Plût à Dieu qu'un chacun sût aussi communément sa biographie, depuis l'arche de Noé jusqu'à cet âge ! Je pense que plusieurs sont aujourd'hui empereurs, rois, ducs, princes, et papes, en la terre, lesquels sont descendus de quelque porteur de rogatons, comme, au rebours, plusieurs sont gueux de l'hôpital, souffreteux et misérables, lesquels sont descendus de sang et lignée de grands rois et empereurs, attendu l'admirable transport des règnes et empires : des Assyriens, aux Mèdes ; des Mèdes, aux Perses ; des Perses, aux Macédones ; des Macédones, aux Romains ; des Romains, aux Grecs ; des Grecs, aux Français.

Et, pour vous donner à entendre de moi, qui parle, je pense que suis descendu de quelque riche roi, ou prince, au temps jadis. Car oncques ne vites homme qui eût plus grande affection d'être roi et riche que moi : afin de faire grande chère, pas ne travailler, point ne me soucier, et bien enrichir mes amis, et tous les gens de bien et de savoir. Mais, en ce, je me réconforte que dans l'autre monde je le serai ; voire plus grand qu'à présent ne l'oserais souhaiter. Vous, en telle ou meilleure pensée, réconfortez votre malheur, et buvez frais si faire se peut !

Retournant à nos moutons (2), je dis que, par don souverain des cieux, nous a été conservée l'antiquité et généalogie de Gargantua, plus entière que nulles autres, excepté celle du Messie, dont je ne parle, car il ne m'appartient. Et ladite généalogie fut trouvée par Jean Odeau, en un pré

(1) Rabelais renvoie le lecteur au premier livre de son *Pantagruel*, écrit et publié avant le *Gargantua*.

(2) Allusion à un mot célèbre de la vieille farce de l'*Avocat Patelin*.

qu'il avait près de l'arceau Gualeau, au-dessous de l'Olive, du côté de
Narsay (1), duquel faisant lever les fossés, les piocheurs touchèrent, de
leurs amarres, un grand tombeau, long sans mesure : car oncques n'en
trouvèrent le bout, parce qu'il entrait trop avant sous les écluses de la
Vienne. Ouvrant icelui tombeau en certain lieu désigné, au-dessus d'un
gobelet, alentour duquel était écrit en lettres étrusques : *Hic bibitur* (2),
trouvèrent neuf flacons en tel ordre qu'on assied les quilles en Gascogne,
desquels celui qui était au milieu recouvrait un gros, gras, grand, gris,
joli, petit, moisi livret, plus mais non mieux sentant que roses.

En icelui fut ladite généalogie trouvée, écrite tout au long, non en papier,
non en parchemin, non en cire, mais en écorce d'ormeau, toutefois tant
usée par vétusté qu'à peine en pouvait-on reconnaître trois lignes de
suite.

Je, — encore bien qu'indigne, — y fus appelé, et, à grand renfort de
bésicles, pratiquant l'art avec lequel on peut lire lettres non apparentes,
comme enseigne Aristote, je la traduisis, ainsi que pourrez voir en panta-
gruélisant, c'est-à-dire en buvant à gré et lisant les gestes horrifiques de
Pantagruel.

L'auteur nous raconte ensuite les prodiges qui ont préparé et accompagné
la naissance de Gargantua, fils du géant Grandgousier, « qui était bon raillard
en son temps, aimant à boire net, et mangeant volontiers salé ». La mère de
Gargantua s'appelait Gargamelle, fille du roi des Parpaillots, « belle gouge et
de bonne trogne ». Cette excellente Gargamelle, un jour, mangea tant de tripes
qu'elle en devint malade, et ainsi naquit Gargantua, qui, sitôt né, se mit à crier :
« A boire ! à boire ! » et si haut « qu'il fut entendu de tout le pays de Busse
et de Bibarois (3) ».

(1) Narsay était un bourg voisin de Chinon.
(2) « Ici l'on boit ! »
(3) Ce sont des pays imaginaires, dont les noms contiennent des allusions aux mots
« boire » et *bibere*.

Comment le nom fut imposé à Gargantua et comment il humait le piot.

Le bonhomme Grandgousier, buvant et se rigolant avec les autres, entendit le cri horrible que son fils avait fait en entrant à la lumière de ce monde, quand il bramait demandant : à boire, à boire, à boire ; dont il dit : « *Que grand tu as le gosier !* » Ce qu'entendant les assistants dirent que vraiment il devrait avoir le nom de Gargantua, puisque telle avait été la première parole de son père à sa naissance, à l'imitation et exemple des anciens Hébreux. A quoi fut condescendu par icelui, et plut très bien à sa mère. Et, pour l'apaiser, lui donnèrent à boire à tire-larigot, et fut porté sur les fonts, et là baptisé comme est coutume des bons chrétiens.

Et lui furent ordonnées dix sept mille neuf cent treize vaches de Pautillé et de Bréhemont (1) pour l'allaiter ordinairement : car de trouver nourrice suffisante n'était possible en tout le pays, considérée la grande quantité de lait requis pour alimenter icelui. Encore bien qu'un certain docteur ait affirmé que sa mère l'allaita, et qu'elle pouvait traire de ses mamelles quatorze cent deux pipes et neuf potées de lait pour chacune fois, ce qui n'est pas vraisemblable, et a été la proposition déclarée scandaleuse, offensive des oreilles, et sentant de loin l'hérésie.

En cet état passa jusqu'à un an et dix mois, auquel temps, par le conseil des médecins, on commença à le porter, et fut faite une belle charrette à bœufs, par l'invention de Jean Denyau. Dedans icelle on le promenait parci par-là joyeusement ; et faisait bon le voir, car il portait bonne trogne et avait presque dix et huit mentons, et ne criait que bien peu... Et, s'il advenait qu'il fût dépité, courroucé, fâché, ou marri, s'il trépignait, s'il pleurait, s'il criait, en lui apportant à boire on le remettait en nature et soudain demeurait coi et joyeux. Une de ses gouvernantes m'a dit, jurant sa foi, que de ce faire il était tant coutumier, qu'au seul son des pintes et flacons il entrait en extase, comme s'il goûtait les joies de paradis. En

____

(1) Ce sont encore deux villages des environs de Chinon.

III.

sorte que elle, considérant cette complexion divine, faisait devant lui
sonner des verres avec un couteau, ou des flacons avec leur bouchoir, ou
des pintes avec leur couvercle, auxquels sons il s'égayait, il tressaillait,
et lui-même s'agitait en dodelinant de la tête.

Vient ensuite la description détaillée de la façon dont « on vêtit Gargantua »,
toujours avec des quantités énormes d'étoffes et de linge. Et puis c'est le récit
de l'enfance et adolescence du petit garçon, élevé en toute liberté par ses parents.
Nous apprenons, notamment, qu'il s'exerça de très bonne heure à l'équita-
tion, et que, sur la fin de sa cinquième année, il étonna son père par son intel-
ligence et la vivacité de ses réparties. Ce que voyant, Grandgousier résolut de
commencer son éducation littéraire. Après avoir essayé de plusieurs pédants,
il finit par découvrir un jeune page nommé Eudémon, « si bien tiré, si bien
épousseté, si honnête en son maintien, qu'il ressemblait plutôt à quelque
petit angelot qu'à un homme ». Cet aimable garçon devint le compagnon de
Gargantua, et tous deux, sous la tutelle du sage Ponocrate, précepteur d'Eudémon, furent envoyés à Paris « pour connaître quelle était l'étude des jouven-
ceaux de France en ce temps-là ». Gargantua, pour ce voyage, reçut de son père
une jument merveilleuse, qui, dans une forêt, voulant se délivrer de l'impor-
tunité des mouches, « dégaina sa queue, et s'escarmoucha si bien qu'elle en
abattit tout le bois ». Et comme Gargantua, à cette vue, s'écriait : « Je trouve
beau ce (1) ! » le pays ainsi déboisé depuis lors fut nommé *Beauce*. Bientôt
les voyageurs arrivèrent à Paris.

(1) Ou : cela.

Comment Gargantua paya sa bienvenue aux Parisiens, et comment il prit les cloches de l'église Notre-Dame.

Quelque temps après qu'ils se furent rafraîchis, il visita la ville, et fut vu de tout le monde en grande admiration. Car le peuple de Paris est tant sot, tant badaud, et tant inepte de nature, qu'un bateleur, un porteur de rogatons, un mulet avec ses cymbales, un vielleur au milieu d'un carrefour, assemblera plus de gens que ne ferait un bon prêcheur évangélique (1). Et tant molestement le poursuivirent qu'il fut contraint se reposer sur les tours de l'église Notre-Dame. Auquel lieu étant, et voyant tant de gens à l'entour de soi, dit clairement :

« Je crois que ces maroufles veulent que je leur paie ici ma bienvenue? C'est raison! Je leur vais donner le vin : mais ce ne sera que par ris! »

Lors, en souriant, les compissa si aigrement qu'il en noya deux cent soixante mille quatre cent dix et huit, sans les femmes et petits enfants. Quelque nombre d'iceux évita ce torrent à légèreté des pieds. Et quand furent au plus haut de l'Université, suants, toussants, crachants, et hors d'haleine, commencèrent à jurer, les uns en colère, les autres par ris : « Par sainte m'amie, nous sommes baignés par ris! » Dont fut, depuis, la ville nommée « Paris »; laquelle auparavant on appelait Leucèce, comme dit Strabo, c'est-à-dire, en grec, blanchette, pour les blanches chairs des dames dudit lieu... Cela fait, Gargantua considéra les grosses cloches qui étaient auxdites tours, et les fit sonner bien harmonieusement. Ce que faisant, lui vint en pensée qu'elles serviraient bien de grelots au col de sa jument, laquelle il voulait renvoyer à son père toute chargée de fromages de Brie et de harengs frais. De fait, les emporta en son logis... Toute la ville fut émue en sédition, comme vous savez qu'à cela ils sont tant faciles que les nations étrangères s'ébahissent de la patience des rois de France, vu les inconvénients qui en sortent de jour en jour. Plût à

____

(1) C'est-à-dire un bon prédicateur expliquant l'Evangile.

IV.

Dieu que je susse l'officine en laquelle sont forgés ces schismes et mono-
poles, pour les mettre en évidence dans les confréries de ma paroisse ! Et le
lieu où s'assembla le peuple, tout affolé et agité, fut l'hôtel de Nesle,
où alors était le parlement de Leucèce. Là fut proposé le cas et remontré
l'inconvénient des cloches transportées.

Après avoir bien ergoté *pro et contra*, fut conclu en *baralipton* que l'on
enverrait le plus vieux et suffisant de la Faculté vers Gargantua, pour lui
remontrer l'horrible inconvénient de la perte d'icelles cloches. Et, nonob-
stant la remontrance d'aucuns de l'Université, qui alléguaient que cette
charge compétait mieux à un orateur qu'à un sophiste, fut élu pour cette
affaire notre maître Janotus de Bragmardo (1).

Maître Janotus, tondu à la césarine, vêtu à l'antique, et bien antidoté
de cotignac de four et eau bénite de cave, se transporta au logis de Gargantua, touchant devant soi trois bedeaux à rouges museaux, et traînant
après soi cinq ou six maîtres sans arts (2) bien crottés. A l'entrée, les
rencontra Ponocrates, et eut frayeur en soi, les voyant ainsi déguisés, et
pensait que fussent quelques masques hors du sens. Puis s'enquit de
quelqu'un des dits maîtres sans arts de ce que voulait cette mômerie ?
Il lui fut répondu qu'ils demandaient les cloches leur être rendues. Aussitôt
Ponocrates courut dire les nouvelles à Gargantua, afin qu'il fût prêt de
sa réponse, et délibérât sur-le-champ de ce qui était à faire. Gargantua,
instruit du cas, appela à part Ponocrates son précepteur, Philotime son
maître d'hôtel, Gymnaste son écuyer, et Eudémon, et, sommairement,
conféra avec eux sur ce qui était tant à faire qu'à répondre. Tous furent
d'avis qu'on menât ces gens à l'office, et que là on les fît boire rustrement ;
et afin que Janotus n'entrât en vaine gloire pour avoir rendu les cloches
à sa requête, ils furent d'avis que, pendant qu'il chopinerait, l'on allât
quérir le prévôt de la ville, le recteur de la Faculté, et le vicaire de l'église
auxquels, avant que le sophiste eût proposé sa commission, on délivrerait
les cloches. Après cela, iceux présents, l'on ouïrait sa belle harangue. Ce
qui fut fait ; et, les susdits arrivés, le sophiste fut en pleine salle introduit, et commença ainsi que s'ensuit, en toussant :

(1) Ce personnage fictif doit être considéré comme le symbole satirique de l'espèce entière
des docteurs en Sorbonne et avocats du temps.
(2) Jeu de mots, par allusion au degré de « maître ès arts ».

∞ V ∞

Le savant plaidoyer de maître Janotus.

« Ehem, hem, hem, *mnadies*, monsieur, *mnadies* (1) ! Et *vobis*, messieurs ! Ce ne serait que bon que vous nous rendissiez nos cloches. Car elles nous font bien besoin. Nous en avions autrefois refusé de bon argent de ceux de Londres en Cahors, et aussi avions-nous fait de ceux de Bordeaux en Brie (2), qui les voulaient acheter, pour la substantifique qualité de la complexion élémentaire qui est intronifiquée en la terrestrité de leur nature quidditative, pour extranéiser les halots et les turbines sur nos vignes. Car, si nous perdons le piot, nous perdons tout, et sens, et loi. Si vous nous les rendez à ma requête, j'y gagnerai dix pans de saucisses, et une bonne paire de chausses, qui me feront grand bien à mes jambes; ou bien c'est qu'ils ne me tiendront pas leur promesse. Oh, par dieu, *domine*, une paire de chausses est bonne, *et vir sapiens non abhorrebit eam.* Ah ! ah, il n'a pas paire de chausses qui veut ! Je le sais bien, quant à moi. Avisez, *domine*, il y a dix-huit jours que je suis à matagraboliser cette belle harangue. *Reddite quæ sunt Cæsaris Cæsari, et quæ sunt Dei Deo! Ibi jacet lepus.* Par ma foi, *domine*, si vous voulez souper avec moi *in camera*, par le corps-dieu, *nos fiacemus bonum cherubin. Ego occidi unum porcum, et ego habet bonum vino* (3). Mais de bon vin on ne peut faire mauvais latin. Or sus, *de parte Dei, date nobis clochas nostras !...* Verum enimvero, quandoquidem, dubio procul, Edepol, quoniam, ita, certe* (4),... une ville sans cloches est comme un aveugle sans bâton, un âne sans croupière et une vache sans grelots. Jusqu'à ce que vous nous les ayez rendues, nous ne cesserons de crier après vous comme un aveugle qui a perdu son bâton, de brailler comme un âne sans croupière, et de brâmer comme une vache sans grelots... Et le dépo-

---

(1) *Mnadies* est une déformation de *bona dies*, « bon jour ». Quant aux *ehem* du début, ils sont une allusion aux toussotements par lesquels certains prédicateurs du temps avaient coutume de commencer leurs discours; et c'est encore à leur exemple que Janotus va entremêler son pédantesque français d'expressions latines.

(2) Janotus commet ici des erreurs grotesques ; la suite de la phrase ne sera que galimatias scolastique.

(3) Ici, le latin lui-même se remplit de grossiers barbarismes.

(4) Suite de mots latins énoncés au hasard.

V.

sant n'en dit pas plus. *Valete et plaudite* (1)*! Calepinus recensui* (2). »

Le sophiste n'eut pas plus tôt achevé que Ponocrate et Eudémon s'esclaffèrent de rire si profondément qu'ils en pensèrent rendre l'âme à Dieu. En même temps qu'eux, maître Janotus commença de rire à qui mieux mieux, tant que les larmes leur venaient aux yeux par la véhémente concussion de la substance du cerveau. Puis, ces rires étant tout à fait apaisés, Gargantua consulta avec ses gens sur ce qu'il y avait à faire. Alors Ponocrate fut d'avis qu'on fît reboire ce bel orateur, et, vu qu'il leur avait donné du passe-temps, et les avait fait rire plus que n'eût fait songe-creux, qu'on lui baillât dix pans de saucisses, avec une paire de chausses, vingt-cinq muids de vin, un lit de plumes d'oie, et une écuelle bien capable et profonde : toutes choses qu'il disait être nécessaires à sa vieillesse.

Le tout fut fait ainsi qu'avait été délibéré, excepté que Gargantua, doutant qu'on trouvât sur l'heure des chausses commodes pour ses jambes, lui fit livrer sept aunes de drap noir, et trois de blanchet pour la doublure. Les maîtres ès arts portèrent les saucisses et l'écuelle : mais maître Janot voulut lui-même porter le drap. Un des dix maîtres, nommé maître Josse Bandouille, lui remontrait que ce n'était honnête ni convenant à son état, et qu'il devait remettre le drap à quelqu'un d'entre eux. « Ah ! dit Janotus, baudet, baudet, tu ne conclus point *in modo et figura* !... Je porterai ce drap *egomet* ! » Ainsi l'emporta en tapinois, comme fit Patelin de son drap. Mais le bon fut quand le tousseux, ensuite, réclama ses chausses et saucisses : car lui fut alors répondu qu'aucune bribe n'en aurait. « Traîtres misérables, leur dit Janotus, vous ne valez rien! La terre ne porte pas de gens plus méchants que vous êtes. Par la rate de Dieu, j'avertirai le roi des énormes abus qui se font ici, par vos mains et menées ! Et que je sois lépreux s'il ne vous fait pas tous brûler vifs comme bougres, traîtres, hérétiques et séducteurs, ennemis de Dieu et de vertu ! » A ces mots, ils prirent article contre lui : lui, d'autre part, les fit ajourner. Au total, le procès fut retenu par la Cour, et y est encore. Les magistres, sur ce point, firent vœu de ne se jamais décrotter, et maître Janot avec ses adhérents firent vœu de ne pas se moucher jusqu'à ce que le procès fût fini par arrêt définitif. Et c'est à cause de ces vœux que les maîtres sont demeurés, jusqu'à présent, et crotteux, et morveux : car la Cour n'a pas encore bien examiné toutes les pièces. L'arrêt sera donné aux prochaines calendes grecques, c'est-à-dire jamais.

(1) Formule finale empruntée aux comédies latines.
(2) Ceci est une formule employée parfois par des copistes, à la fin de certains actes légaux.

L'éducation de Gargantua. — Les principes généraux.

Lorsque Gargantua et ses compagnons se sont définitivement installés à Paris, le précepteur Ponocrate s'occupe aussitôt de commencer l'éducation de son élève. Les chapitres consacrés à cette éducation sont tenus, à bon droit, pour l'une des parties les plus originales de l'œuvre entière de Rabelais.

Celui-ci nous décrit d'abord, assez brièvement, les mauvaises méthodes d'éducation des « sophistes » qui avaient été les premiers précepteurs du jeune garçon. Puis, passant aux jeux de Gargantua, il entame l'une de ces énumérations comiques qui lui sont un prétexte à déployer la richesse et la variété infinies de son vocabulaire. Voici, simplement, le début de ce chapitre, qui va se poursuivre de la même façon durant sept ou huit pages :

Puis, mâchonnant tout lourdement un tronçon de grâces (1), il se lavait les mains avec du vin frais, se récurait les dents avec un pied de porc, et devisait joyeusement avec ses gens. Puis, le tapis vert étendu, on déployait force cartes, force dés, et renfort de brelans. Alors, on jouait : au flux, — à la vole, — à la prime, — à la pille, — au triomphe, — à la Picardie, — au cent, — à l'épinai, — à la malheureuse, — au fourbis, — au passe-dix, — au trente-et-un, — à pair et sequence, — à trois cents, — au malheureux, — à la condamnade, — à la carte virade, — au mécontent, — au lansquenet... etc. (2).

Mais plus intéressant encore pour nous est le chapitre suivant, où Rabelais, à propos de l'enseignement de Ponocrate, nous expose sa propre théorie de l'éducation.

---

(1) Il s'agit toujours encore du régime d'éducation imposé à Gargantua par ses mauvais précepteurs anciens.

(2) Parmi ces centaines de jeux cités par Rabelais, quelques-uns ont survécu jusqu'à nous, sous les mêmes noms. Ainsi le tarot, les échecs, la marelle, les trois dés, le trictrac, les dames, pair ou non, croix ou pile, la bille, le cochonnet, le boute-hors, le poirier, le cercle, le palet, le « j'en suis », les quilles, la pirouette, les jonchets, le « court bâton », le piquet, la fossette, le cheval fondu, le colin-maillard, le bilboquet, les métiers, etc.

VI.

Quand Ponocrates connut la manière de vivre vicieuse de Gargantua,
il délibéra l'élever autrement ; mais pour les premiers jours le laissa faire,
considérant que nature ne supporte pas mutations soudaines sans grande
violence. Pour donc mieux commencer son œuvre, supplia un savant médecin de ce temps, nommé maître Théodore, qu'il considérât s'il était possible
de remettre Gargantua en meilleure voie. Lequel médecin le purgea cano-
niquement avec ellébore, et, par ce médicament, lui nettoya toute l'alté-
ration et habitude perverse du cerveau. Par ce moyen aussi Ponocrates
lui fit oublier tout ce qu'il avait appris sous ses anciens précepteurs...
Pour mieux faire cela, il l'introduisait aux compagnies des gens savants
qui étaient là, à l'émulation desquels l'esprit s'accrut en lui, ainsi que
le désir d'étudier autrement et de se faire valoir.

Après, il le mit en tel train d'étude qu'il ne perdait heure quelconque du
jour ; mais consommait tout son temps en lettres et honnête savoir.

Et c'est alors un merveilleux tableau de l'éducation idéale d'un jeune
homme de la Renaissance, telle que la concevait l'un des plus profonds
observateurs et penseurs de ce temps. Jamais à coup sûr Fénelon ni Jean-
Jacques Rousseau, ni aucun des maîtres de la pédagogie moderne ne nous a
offert une définition aussi claire, féconde, et justement fameuse des secrets
de la formation d'un beau type d' « humanité », au sens le plus complet de
ce mot. Force nous sera, malheureusement, de ne citer ici que les passages
les plus caractéristiques de cette partie capitale du livre de *Gargantua* :
mais il n'y a pas une des longues pages consacrées par Rabelais à l'enseignement de Ponocrate qui ne mérite d'être lue et soigneusement méditée.

L'éducation de Gargantua. — Les études. Il éveillait donc Gargantua environ à quatre heures du matin. Cependant qu'on le frottait, lui était lue quelque page de la divine Écriture, hautement et clairement, et à cela était commis un jeune page nommé Anagnostes. Selon le propos et argument de cette leçon, souventes fois il s'adonnait à révérer, adorer, prier et supplier le bon Dieu, duquel la lecture montrait la majesté et les jugements merveilleux... Puis, avec son précepteur, considéraient l'état du ciel, afin de voir s'il était tel qu'ils l'avaient noté au soir précédent. Cela fait, était habillé, peigné, coiffé, accoutré et parfumé, durant lequel temps on lui répétait les leçons du jour d'avant. Lui-même les disait par cœur, et y fondait quelques cas pratiques concernant l'état humain... Puis, pendant trois bonnes heures, lui était faite lecture. Cela fait, ils sortaient, toujours considérant les propos de la lecture, et se rendaient en Bracque (1) ou aux prés, et jouaient à la balle, à la paume, à la pile trigone, galamment s'exerçant le corps comme ils avaient auparavant galamment exercé leurs âmes. Tout leur jeu n'était qu'en liberté, car ils laissaient la partie quand il leur plaisait, et cessaient ordinairement lorsqu'ils suaient par tout le corps, ou étaient autrement las. Après quoi étaient très bien essuyés et frottés, changeaient de chemise, et, se promenant doucement, allaient voir si le dîner était prêt. Là, tout en attendant, ils récitaient clairement et éloquemment quelques sentences retenues de la leçon. Cependant, monsieur l'appétit venait, et, par bonne opportunité, ils s'asseyaient à table. Au commencement du repas, était lue quelque histoire plaisante des anciennes prouesses, jusqu'à ce que le jeune garçon eût pris son vin. Alors, si bon semblait, on continuait la lecture ; ou bien ils commençaient à deviser joyeusement ensemble, parlant de la vertu, propriété, efficacité et nature de tout ce qui leur était servi à table... Et si bien et entièrement l'élève retint en sa mémoire les

(1) C'était le nom d'un célèbre jeu de paume, dans le faubourg Saint-Marceau.

VII.

choses dites que, dès lors, il n'y avait point médecin qui en sût à moitié autant qu'il faisait. Après, devisaient des leçons lues du matin, et, parachevant leur repas, Gargantua s'écurait les dents, se lavait les mains et les yeux de belle eau fraîche, et rendait grâces à Dieu par quelques beaux cantiques faits à la louange de la munificence et bénignité divines.

Cela fait, on apportait des cartes, non pour jouer, mais pour apprendre mille petites gentillesses et inventions nouvelles, qui toutes ressortaient de l'arithmétique. Par ce moyen, il entra en affection de cette science numérale,... et non seulement d'icelle, mais des autres sciences mathématiques, comme géométrie, astronomie, et musique. Car, durant la digestion de leur repas, ils faisaient mille joyeux instruments et figures géométriques, et, de même, pratiquaient les canons astronomiques. Après, s'ébaudissaient à chanter musicalement à quatre et cinq parties, ou sur un thème, à plaisir de gorge. Pour ce qui est des instruments de musique, il apprit à jouer du luth, de l'épinette, de la harpe, de la flûte allemande et à neuf trous, de la viole, et de la saqueboute.

Cette heure ainsi employée, se remettait à son étude principale pendant trois heures ou davantage : tant à répéter la lecture du matin qu'à poursuivre le livre entrepris, comme aussi à écrire, bien tracer et former les lettres antiques et romaines.

L'éducation de Gargantua. — Les exercices corporels.

Cela fait, sortaient hors de leur hôtel, et avec eux un jeune gentilhomme de Touraine nommé l'écuyer Gymnaste, lequel lui montrait l'art de chevalerie. Changeant donc de vêtements, ils montaient sur un coursier, sur un roussin, sur un genêt, sur un cheval barbe, et lui donnaient cent carrières, le faisaient voltiger en l'air, franchir le fossé, sauter la palissade, court-tourner en un cercle, tant à droite comme à gauche..... Particulièrement Gargantua était appris à sauter d'un cheval sur l'autre sans prendre terre, et, de chaque côté, la lance au poing, à monter sans étriers ; et, sans bride, à guider le cheval à son plaisir. Car telles choses servent à discipline militaire. Un autre jour, s'exerçait à la hache, qu'il savait si bien couler, si vertement resserrer, si souplement abaisser, qu'il fût passé chevalier d'armes en campagne, et en tous essais.

Puis brandissait la pique, saquait de l'épée à deux mains, de l'épée bâtarde, de l'espagnole, de la dague, et du poignard...Courait le cerf, le chevreuil, l'ours, le daim, le sanglier, le lièvre, la perdrix, le faisan, l'outarde. Jouait à la grosse balle et la faisait bondir en l'air, autant du pied que du poing. Luttait, courait, sautait, non à trois pas un saut, non à cloche-pied, non au saut d'Allemand, — car, disait Gymnaste, tels sauts sont inutiles, et de nul bien en guerre, — mais d'un saut traversait un fossé, volait sur une haie, montait six pas contre une muraille, et rampait en cette façon à une fenêtre de la hauteur d'une lance.

Nageait en eau profonde, à l'endroit, à l'envers, de côté, de tout le corps, des pieds seuls, une main en l'air en laquelle il tenait un livre, transpassait toute la rivière de Seine sans mouiller son bras et en tirant son manteau par ses dents, comme faisait Jules César ; puis, d'une main entrant par grande force en un bateau, d'icelui se jetait derechef en l'eau, la tête première, sondait le fond, creusait les rochers, plongeait aux abîmes et gouffres. Puis tournait et gouvernait ce bateau, le menait hâtivement, lentement, à fil d'eau, contre cours, le retenait en pleine écluse, le guidait d'une main en

VIII.

s'escrimant de l'autre avec un grand aviron, tendait la voile, montait au mât par les traits, courait sur les brancards, ajustait la boussole, contre-ventait les boulines, bandait le gouvernail.

Le temps ainsi employé, lui frotté, nettoyé, et rafraîchi d'habillements, tout doucement ils retournaient, et, passant par quelques prés et autres lieux herbus, visitaient les arbres et plantes, les comparant avec les livres des anciens qui en ont écrit, et en emportaient leurs pleines mains au logis...Là, cependant qu'on apprêtait le souper, répétaient quelques passages de ce qui avait été lu, et s'asseyaient à table. Notez ici que son dîner était sobre et frugal, car mangeait seulement pour refréner les abois de l'estomac : mais le souper était copieux et large, car il en prenait tant que lui était de besoin pour s'entretenir et nourrir. Ce qui est la vraie diète pres-crite par l'art de bonne et sûre médecine, quoiqu'un tas de badauds méde-cins, instruits dans l'officine des sophistes, conseillent le contraire. Durant ce repas était continuée la leçon du dîner, tant que bon semblait ; le reste était consommé en bons propos, tous lettrés et utiles. Après grâces rendues, s'adonnaient à chanter musicalement, à jouer d'instruments harmonieux, ou de ces petits passe-temps qu'on fait aux cartes, aux dés, aux gobelets ; et là demeuraient faisant grande chère, s'ébaudissant parfois jusqu'à l'heure de dormir ; quelquefois allaient visiter les compagnies des gens lettrés ou de gens qui eussent vu pays étrangers.

En pleine nuit, avant que se retirer, allaient au lieu de leur logis le plus découvert, voir la face du ciel ; et là notaient les comètes, si aucunes étaient, les figures, situations, aspects, oppositions et conjonctions des astres.

Puis, avec son précepteur, Gargantua récapitulait brièvement, à la façon des Pythagoriques, tout ce qu'il avait vu, lu, su, fait et entendu au cours de toute la journée. Puis priaient Dieu le créateur en l'adorant, et en ratifiant leur foi envers lui et le glorifiant de sa bonté immense ; et, lui rendant grâce de tout le temps passé, se recommandaient à sa divine clémence pour tout l'avenir. Cela fait, entraient en leur repos.

La guerre de Grand-gousier avec Picrochole. — Le frère Jean des Entommeures.

Aussitôt après avoir achevé cet admirable tableau de l'éducation de Gargantua, Rabelais aborde un sujet tout différent, et nous raconte les origines des « grosses guerres » engagées entre le pays de Gargantua et les habitants de Lerné, — petit bourg voisin de Chinon, — ces derniers ayant pour roi le célèbre Picrochole. Ces guerres très longues et sanglantes ont naturellement pour cause un incident des plus futiles : une dispute entre les « fouassiers », ou pâtissiers de Lerné, et ceux du pays de Gargantua ; mais bientôt les compatriotes de ces « fouassiers » prennent parti pour eux, et Picrochole lève une nombreuse armée qui envahit le royaume ennemi. C'est ainsi que les troupes de Picrochole arrivent à Seuillé, où, d'abord, elles dévastent le bourg impitoyablement ; puis elles veulent attaquer l'abbaye de Seuillé, et, en ayant trouvé les portes closes, se mettent en devoir de saccager la vigne des moines.

En l'abbaye était pour lors un moine claustrier, nommé frère Jean des Entommeures, jeune, galant, agile, solide, bien droit, hardi, aventureux, délibéré, haut, maigre, bien fendu de gueule, bien avantagé en nez, beau dépêcheur d'heures, beau débrideur de messes, beau décrotteur de vigiles ; pour tout dire sommairement, vrai moine si oncques en fut, depuis que le monde moinnant moina de moinerie ; au reste, parfaitement ignorant en matière de bréviaire. Icelui, entendant le bruit que faisaient les ennemis dans le clos de leur vigne, sortit hors pour voir ce qu'ils faisaient. Et, avisant qu'ils vendangeaient leur clos, sur lequel était fondé leur boire de tout l'an, il retourne au chœur de l'église où étaient les autres moines, et, les voyant chanter : « C'est, dit-il, bien chanté ! Vertu Dieu, que ne chantez-vous : adieu, paniers, vendanges sont faites ? Je me donne au diable s'ils ne sont pas en notre clos, et coupant si bien et ceps et raisins qu'il n'y aura, par le corps Dieu, de quatre ans qu'à grappiller dedans ! Ventre saint Jacques, que boirons-nous cependant, nous autres pauvres diables ? Seigneur Dieu, *da mihi potum !* » Lors dit le prieur : « Que veut

IX.

cet ivrogne? Qu'on me le mette en prison ! Troubler ainsi le service divin ! »
— « Mais, dit le moine, le service du vin, faisons tant qu'il ne soit troublé :
car vous-même, monsieur le prieur, aimez boire du meilleur, et ainsi fait
tout homme de bien. Jamais homme noble ne hait le bon vin : c'est un
apophtegme monacal. Mais ces répons que vous chantez ici ne sont, par
Dieu, point de saison!... Écoutez, vous autres qui aimez le vin, suivez-
moi : car que saint Antoine me brûle si ceux-là tâtent du pot qui n'auront
secouru la vigne !... »

Ce disant, mit bas son grand habit, et se saisit du bâton de la croix,
qui était de cœur de cormier, long comme une lame, rond à plein poing,
et quelque peu semé de fleurs de lys toutes presque effacées ; ainsi sortit,
et de son bâton de la croix donna brusquement sur les ennemis, qui,
sans ordre ni enseigne, ni trompettes ni tambourins, parmi le clos vendangeaient...

∾ X ∾

Les exploits du frère Jean.

Il choqua donc si rudement sur eux, sans dire gare, qu'il les renversait comme porcs, frappant à tort et à travers suivant la vieille escrime. Aux uns écrabouillait la cervelle, aux autres rompait bras et jambes, aux autres décrochait le col, aux autres démolissait les reins, volait le nez, pochait les yeux, fendait les mandibules, enfonçait les dents en la gueule, ébranlait les omoplates, dégondait les côtes ; si quelqu'un se voulait cacher entre les ceps plus épais, à celui-là frottait toute l'arête du dos, et l'éreintait comme un chien. Si aucuns se voulaient sauver en fuyant, à ceux-là faisait voler la tête en pièces, près la commissure lambdoïde. Si quelqu'un grimpait en un arbre, pensant y être en sûreté, celui-là, de son bâton, il l'empalait par le fondement. Si quelqu'un de sa vieille connaissance lui criait : « Ha, frère Jean, mon ami, frère Jean, je me rends ! » — « Il t'est, disait-il, bien force, mais en même temps tu rendras l'âme à tous les diables ! » Et soudain lui donnait le coup de la mort. Et si personne fût si pris de témérité qu'il lui voulût résister en face, là montrait-il la force de ses muscles, car il leur transperçait la poitrine par le médiastin et par le cœur, leur subvertissait l'estomac, et tous mouraient soudainement... Croyez que c'était là plus horrible spectacle qu'on vit oncques ! Les uns criaient : Sainte Barbe ! les autres, Saint Georges ! les autres, Sainte Nitouche ! les uns se vouaient à saint Jacques, les autres au saint Suaire de Chambéry. Les uns mouraient sans parler, les autres parlaient sans mourir ; les uns se mouraient en parlant, les autres parlaient en mourant ; les autres criaient à haute voix : « Confession, confession, *confiteor*, *miserere*, *in manus !* » Tant fut grand le cri des frappés que le prieur de l'abbaye avec tous ses moines sortirent ; et quand aperçurent ces pauvres gens ainsi gisant parmi la vigne, blessés à mort, en confessèrent quelques-uns. Mais cependant que les prêtres s'amusaient à confesser, les petits moinetons coururent au lieu où était frère Jean, et lui demandèrent en quoi il voulait qu'ils lui aidassent. A quoi répondit qu'ils égorgeassent ceux qui étaient tombés à terre.

X.

Adonc, laissant leurs grandes capes sur une treille, au plus près, commencèrent achever ceux qu'ils avaient déjà meurtris... Puis, avec son bâton de croix, le frère gagna la brèche qu'avaient faite les ennemis. Mais quand ceux qui s'étaient confessés voulurent sortir par cette brèche, le moine les assommait de coups, disant : « Ceux-ci sont confessés et repentants, et ont gagné les pardons : ils s'en vont en paradis aussi droit comme une faucille! » Ainsi, par sa prouesse furent déconfits tous ceux de l'armée qui étaient entrés dans le clos, jusqu'au nombre de treize mille six cent vingt-deux, sans compter les femmes et petits enfants, cela s'entend toujours. Jamais l'ermite Maugis ne se comporta si vaillamment contre les Sarrazins, desquels est écrit aux gestes des Quatre Fils Aymon, comme fit le moine à l'encontre des ennemis, avec le bâton de la croix.

Cependant les armées de Picrochole apportaient tant de fureur à dévaster le royaume de Grandgousier que celui-ci, bien à regret, se vit contraint d'accepter la guerre, et rappela de Paris son fils Gargantua. En même temps, il envoyait au roi ennemi son maître des requêtes, Ulrich Gallet, qui, dans un beau discours, représenta à Picrochole l'injustice et les horreurs de la guerre. Mais les conseillers du roi de Lerné dissuadèrent leur maître d'écouter ces sages remontrances. Gargantua, revenant de Paris, accomplit alors de nombreux exploits, grâce au concours du frère Jean des Entommeures, ainsi que de son professeur et écuyer Gymnaste. Les aventures du moine, surtout, nous sont racontées avec toute sorte de détails plaisants, jusqu'au jour où l'armée de Picrochole est enfin vaincue et entièrement dispersée. Le roi s'enfuit, seul et misérable. « Depuis, on ne sait ce qu'il est devenu. Toutefois l'on m'a dit qu'il est, à présent, pauvre gagne-denier à Lyon, colère comme devant. » Quant à Gargantua, il adresse d'abord aux vaincus un discours magnifique, où il leur accorde leur grâce, en se bornant à châtier quelques-uns de leurs chefs ; après quoi il récompense généreusement ses compagnons, qui l'ont aidé à remporter la victoire. Et ici se place encore l'un des morceaux les plus fameux de toute l'œuvre de Rabelais: la description de cette abbaye de Thélème que Gargantua fait bâtir pour le frère Jean des Entommeures.

L'abbaye de Thélème. Restait seulement le moine à pourvoir, lequel Gargantua voulait faire abbé de Seuillé : mais il le refusa. Il lui voulut donner l'abbaye de Bourgueil, ou celle de Saint-Florent, laquelle lui conviendrait le mieux, ou toutes deux s'il le prenait à gré. Mais le moine lui fit réponse péremptoire que, des moines, il ne voulait charge ni gouvernement. « Car comment, disait-il, pourrais-je gouverner autrui, moi qui ne saurais me gouverner moi-même ? S'il vous semble que je vous aie fait, et que puisse vous faire à l'avenir service agréable, octroyez-moi de fonder une abbaye à mon devis ! » La demande plut à Gargantua, et lui offrit tout son pays de Thélème, touchant la rivière de Loire, à deux lieues de la grande forêt du Port Huault. Et le moine requit à Gargantua qu'il instituât sa règle au contraire de toutes autres. « Premièrement, donc, dit Gargantua, il n'y faudra déjà bâtir de murailles alentour : car toutes autres abbayes sont fièrement murées ! — Voire, dit le moine, et non sans cause : où mur y a, et devant et derrière, y a force murmure, ennui, et conspiration mutuelle ! »

En outre, vu qu'en certains couvents de ce monde est en usage que, si femme aucune y entre, on nettoie la place par laquelle elles ont passé, fut ordonné qu'ici, quand religieux ou religieuses y entreraient par cas fortuit, on nettoierait soigneusement tous les lieux par lesquels auraient passé. Et parce que, dans la règle de ce monde, tout est compassé, limité, et réglé par heures, fut décrété que là ne serait horloge ni cadran aucun. Mais, selon les occasions et opportunités, seraient reglés tous les travaux. Car, disait Gargantua, la plus vraie perte de temps qu'il connût était de compter les heures. Quel bien en vient-il ? Et la plus grande rêverie du monde était de se gouverner au son d'une cloche, et non à dictée de bon sens et entendement...

Toute la vie des moines était donc employée non par lois, statuts, ou règle, mais selon leur vouloir et franc arbitre. Se levaient du lit quand bon leur semblait ; buvaient, mangeaient, travaillaient, dormaient, quand le désir leur venait. Nul ne les éveillait, nul ne les parforçait à boire, ni à

XL.

manger, ni à faire chose autre quelconque ; ainsi l'avait établi Gargantua.
En leur règle n'était que cette clause :

FAIS CE QUE VOUDRAS !

Parce que gens libres, bien nés, bien instruits, conversant en compagnie
honnête, ont par nature un instinct et aiguillon qui toujours les pousse à
actes vertueux, et les retire de vice : lequel aiguillon il nommait honneur.
Ceux-là, quand par vile suggestion et contrainte sont déprimés et asservis,
détournent la noble affection par laquelle tendaient franchement à vertu,
pour rejeter et enfreindre ce joug de servitude : car nous entreprenons
toujours chose défendue, et convoitons ce qui nous est dénié. Par cette
liberté, entrèrent en louable émulation de faire, tous, ce qu'à un seul
voyaient plaire. Si quelqu'un ou quelqu'une disait : buvons ! tous buvaient.
S'il disait : jouons ! tous jouaient. S'il disait : allons à l'ébat aux champs !
tous y allaient. Si c'était pour faire voler oiseaux, ou chasser, les dames,
montées sur belles haquenées, avec leur palefroi de parade, sur le poing
mignonnement ganté portaient, chacune, ou un épervier, ou un laneret,
ou un émerillon : les hommes portaient les autres oiseaux. Et si noblement
étaient appris qu'il n'était entre eux celui ni celle qui ne sût lire, écrire,
chanter, jouer d'instruments harmonieux, parler de cinq à six langages,
et composer en iceux, tant en vers qu'en oraison suivie (1). Jamais ne
furent vus chevaliers si pieux, si galants, si adroits à pied, et à cheval, plus
verts, mieux remuants, mieux maniant toutes armes, que là étaient.
Jamais ne furent vues dames si propres, si mignonnes, moins fâcheuses,
plus doctes à la main, à l'aiguille, à tous articles féminins, honnêtes et
libres, que là étaient.

(1) Ou en prose.

L'enfance de Panta-gruel. La peinture de la vie menée par les moines de l'abbaye de Thélème sert de conclusion au premier « livre » de l'œuvre de Rabelais, consacré à l'histoire de Gargantua. Les trois livres suivants vont avoir pour héros le célèbre fils de ce prince, Pantagruel, « roi des Dipsodes », — ou Assoiffés. Après un nouveau *Prologue*, assez long, mais moins important que celui qui précède le livre de *Gargantua*, l'auteur nous expose la généalogie comique de Pantagruel, issu d'un géant antédiluvien du nom de Chalbroth, et ayant parmi ses ancêtres tous les géants fameux, Atlas, Polyphème, Briarée, Antée, Goliath, Ferragus, etc. Puis nous assistons à la naissance du fils de Gargantua, dont la mère, Badebec, est morte en le mettant au monde, à la grande désolation de son mari. Et c'est, ensuite, ce récit mémorable des premières prouesses du petit nourrisson :

On trouve, de par les anciens historiographes et poètes, que plusieurs créatures humaines sont nées en ce monde de façon bien étrange, qui serait trop longue à raconter : lisez le septième livre de Pline, si avez loisir. Mais vous n'en ouîtes jamais d'une si merveilleuse comme fut celle de Pantagruel : car c'était chose difficile à croire comment il crut en corps et en force en peu de temps. Hercule n'était rien auprès de lui, qui, étant au berceau, tua les deux serpents : car lesdits serpents étaient bien petits et fragiles. Mais Pantagruel, étant encore au berceau, fit d'autres cas bien épouvantables.....

Certain jour, vers le matin, qu'on le voulait faire téter une de ses vaches, — car jamais il n'eut d'autres nourrices, comme dit l'histoire, — il se défit un bras des liens qui le tenaient au berceau, et vous prend ladite vache dessous le jarret, et lui mangea les deux tétins, et la moitié du ventre, avec le foie et les rognons ; et l'eût dévorée toute, n'eût été qu'elle criait horriblement, comme si les loups la tenaient aux jambes. Auquel cri le monde arriva, et ôtèrent ladite vache à Pantagruel. Mais ils ne surent si bien faire que le jarret ne lui en demeurât comme il le tenait ; et le mangeait très bien, comme vous feriez d'une saucisse ; et quand on voulut lui ôter l'os, il

XII.

l’avala bientôt, comme un cormoran ferait un petit poisson ; et après
commença à dire : Bon, bon, bon ! car il ne savait pas encore bien parler :
voulant donner à entendre qu’il l’avait trouvé fort bon, et qu’il n’en demandait plus qu’encore autant ; ce que voyant, ceux qui le servaient le
lièrent à gros câbles, comme sont ceux que l’on fait à Tain pour le voyage
du sel à Lyon. Mais, une fois qu’un grand ours que nourrissait son père
s’était échappé, et lui venait lécher le visage, il se défit desdits câbles aussi
facilement comme Samson d’entre les Philistins, et vous prit monsieur de
l’ours, et le mit en pièces comme un poulet. Par suite de quoi Gargantua,
craignant qu’il se blessât, fit faire quatre grosses chaînes de fer pour le
lier, et fit faire des arcs-boutants bien ajustés à son berceau. Et de ces
chaînes en avez une à La Rochelle, que l’on lève, au soir, entre les deux
grosses tours du port ; l’autre est à Lyon, l’autre à Angers, et la quatrième
fut emportée par les diables pour y lier Lucifer, qui se démenait en ce
temps-là, à cause d’une colique qui le tourmentait extraordinairement
pour avoir mangé l’âme d’un sergent, en fricassée, à son déjeuner. Et ainsi
l’enfant demeura coi et pacifique, car il ne pouvait rompre si facilement
ladite chaîne, tout de même qu’il n’avait pas assez d’espace, au berceau,
pour donner une secousse des bras. Mais voici qu’arriva un jour d’une
grande fête, où son père Gargantua faisait un beau banquet à tous les
princes de sa cour. Je crois bien que tous les officiers de la cour étaient
si occupés au service du festin que l’on ne se souciait du pauvre Pantagruel. Que fit-il ? Ce qu’il fit, mes bonnes gens ? Écoutez : il essaya de
rompre les chaînes du berceau avec les bras, mais il ne put, car elles
étaient trop fortes ; alors il trépigna tant des pieds qu’il rompit le bout
de son berceau ; et aussitôt qu’il eut mis les pieds dehors, il descendit le
mieux qu’il put, en sorte qu’il touchait les pieds en terre. Et alors, avec
grande puissance, se leva, portant son berceau sur l’échine ainsi lié,
comme une tortue qui monte contre une muraille ; et, à le voir, semblait
que ce fût un grand navire de cinq cents tonneaux qui fût debout. En
cet état entra dans la salle où l’on banquetait, et si hardiment qu’il
épouvanta bien l’assistance : mais, par le fait qu’il avait les bras liés au
dedans, il ne pouvait rien prendre à manger, et à grand’peine s’inclinait
pour prendre quelque lippée à même la langue. Ce que voyant, son père
comprit que l’on l’avait laissé sans lui donner à repaître, et commanda qu’il
fût délié desdites chaînes, sur le conseil des princes et seigneurs assistants.

4

∞ **XIII** ∞

L'écolier limousin. Pantagruel grandit, et se trouve bientôt en âge de commencer son éducation. Il séjourne successivement à Poitiers, Bordeaux, Toulouse, Montpellier, Angers, Bourges, et Orléans, où lui arrive la curieuse aventure suivante :

Quelque jour, je ne sais quand, Pantagruel se promenait après souper, avec ses compagnons, par la porte dont on va à Paris. Là, rencontra un écolier tout joliet qui venait par ce chemin ; et, après qu'ils se furent salués, lui demanda : « Mon ami, d'où viens-tu, à cette heure ? » L'écolier lui répondit : « De l'alme, inclyte, et célèbre académie que l'on vocite Lutèce (1). — Qu'est-ce à dire ? dit Pantagruel à un de ses gens. — C'est, répondit-il, de Paris. — Tu viens donc de Paris ? dit-il. Et à quoi passez-vous le temps, vous autres messieurs étudiants, audit Paris ? — Répondit l'écolier : Nous transfretons la Sequane au diluculo et crépuscule ; nous déambulons par les compites et quadrivies de l'urbe, nous despumons la verbocination latiale ; et, comme verisimiles amorabonds, captons la bénivolence de l'omnijuge, omniforme, et omnigène sexe féminin.... Et si, par forte fortune, y a rarité ou pénurie de pécune en nos marsupies, et que soient exhaustes de métal ferruginé, pour l'écot nous dimittons nos codices et vestes opignérées, prestolant les tabellaires à venir des pénates et lares patriotiques (2). » A quoi Pantagruel dit : « Quel diable de langage est ceci ? Par Dieu, tu es quelque hérétique ? — Seignor non, dit l'écolier, car libentissimement dès qu'il illucesce

(1) Cet écolier limousin, avec sa manie de n'employer que des mots nouveaux tirés du latin, doit être évidemment regardé comme une incarnation satirique de Ronsard lui-même ou de ses élèves. Sa phrase signifie : « De la vénérable, insigne, et célèbre ville que l'on appelle Paris ».

(2) C'est-à-dire : « Nous traversons la Seine matin et soir. Nous nous promenons par les places et carrefours de la ville, nous parlons la langue latine ; et, comme de vrais amoureux, nous conquérons la bienveillance du sexe féminin, qui est juge de toutes choses, et qui comporte une infinité de formes et d'espèces.... Et si, par hasard, il y a rareté ou pénurie d'argent dans nos bourses, et qu'elles soient vides de métal pécuniaire, pour payer notre écot nous vendons nos livres et vêtements, en attendant les messagers qui doivent nous venir de la maison paternelle. »

XIII.

quelque minutule lèche du jour, je démigre en quelqu'un de ces tant bien architectés moûtiers ; et là, m'irrorant de belle eau lustrale, je grignotte d'un transon de quelque missique précation de nos sacrificules... Je révère les olympicoles. Je vénère latrialement le supernel Astripotent. Je dilige et rédame mes proximes ; je serve les prescrits décalogiques ; et, selon la facultatule de mes vires, n'en discède la late onguicule (1). — Eh bien, dit Pantagruel, qu'est-ce que veut dire ce fol? Je crois qu'il nous forge ici quelque langage diabolique, et qu'il nous charme comme un enchanteur ! » A quoi dit un de ses gens : « Seigneur, sans doute ce galant veut contrefaire le langage des Parisiens; mais il ne fait qu'écorcher le latin, et s'imagine ainsi pindariser ; et lui semble bien qu'il est quelque grand orateur en français, parce qu'il dédaigne l'usage commun de parler. — Par Dieu, dit Pantagruel, je vous apprendrai à parler ! Mais, avant, réponds-moi, d'où es-tu ? » A quoi dit l'écolier : « L'origine primève de mes aves et ataves fut indigène des régions lémoviques, où requiesce le corpor de l'agiotate saint Martial. — J'entends bien, dit Pantagruel, tu es Limousin, pour tout potage, et tu veux ici contrefaire le Parisien ! Or, viens çà, que je te donne un tour de poigne ! » Alors, le prit à la gorge, lui disant : « Tu écorches le latin ; par saint Jean, je te ferai écorcher tout vif ! » Alors commença le pauvre Limousin à dire : « Vée dicou, gentilastre, ho saint Marsault, adiouda my, laissas à quo au nom de Dios, et ne me touquas grou (2) ! » A quoi dit Pantagruel : « A cette heure, voici que tu parles naturellement ! » Et ainsi le laissa : car le pauvre Limousin salissait toutes ses chausses, à force de peur.

D'Orléans, Pantagruel vient enfin à Paris, où il « étudie fort bien en tous les sept arts libéraux ». C'est là qu'il reçoit une admirable lettre de son père Gargantua, qui est, elle aussi, un des morceaux les plus justement fameux de l'œuvre tout entière de Rabelais.

(1) « Non, seigneur, car avec grand plaisir, dès que brille le moindre rayon de jour, je me rends dans l'une des églises, très bien construites, de la ville ; et là, m'arrosant de belle eau lustrale, je murmure un fragment de quelqu'une des oraisons liturgiques de nos offices. Je révère les habitants du ciel : je vénère et adore le Dieu éternel qui gouverne les astres. J'aime et chéris mon prochain. J'observe les prescriptions du Décalogue et, selon mes forces, ne m'en écarte pas de la largeur d'un ongle. »

(2) Dans l'excès de sa frayeur, le pauvre écolier abandonne sa « verbocination latiale » pour ne plus parler qu'en son dialecte limousin. « Eh ! dites donc, mon gentilhomme ! Oh ! saint Martial, secours-moi ! Oh ! laissez-moi, au nom de Dieu, et ne me touchez point ! »

Comment Pantagruel, étant à Paris, reçut les lettres de son père Gargantua.

« Très cher fils, entre les dons, grâces, et prérogatives desquelles le souverain créateur, Dieu tout-puissant, a doué et orné l'humaine nature à son commencement, celle-là me semble singulière et excellente par laquelle elle peut, en état mortel, acquérir une espèce d'immortalité, et, au cours d'une vie transitoire, perpétuer son nom et sa race : ce qui est fait par lignée issue de nous en mariage légitime... Ce n'est donc pas sans juste et équitable cause que je rends grâces à Dieu de ce qu'il m'a permis de voir mon antiquité chenue refleurir dans ta jeunesse. Car quand, par le plaisir de celui qui régit et modère tout, mon âme quittera cette habitation humaine, je ne me croirai pas mourir totalement, mais passer d'un lieu en un autre, attendu qu'en toi et par toi je demeure dans mon image visible en ce monde, vivant, voyant, et conversant entre gens d'honneur et mes amis, comme j'en avais l'habitude. Laquelle mienne conversation a été, moyennant l'aide et grâce divines, non sans péché, je le confesse, — car nous péchons tous, et continuellement demandons à Dieu qu'il efface nos péchés, — mais sans reproche. Donc, tout de même qu'en toi demeure l'image de mon corps, si les mœurs de l'âme n'y reluisaient pas semblablement, l'on ne te jugerait pas être garde et trésor de l'immortalité de notre nom ; et le plaisir que je prendrais, voyant cela, serait petit, attendu que la moindre partie de moi, qui est le corps, demeurerait, et la meilleure qui est l'âme, et par laquelle notre nom demeure en bénédiction parmi les hommes, serait dégénérante et abâtardie. Ce que je ne te dis pas par défiance que j'aurais de ta vertu, qui m'a déjà été amplement prouvée, mais afin de t'encourager plus fort à profiter de bien en mieux. Et ce que je t'écris présentement n'est pas autant afin que tu vives en train vertueux que pour que tu te réjouisses de vivre et avoir vécu ainsi, et te rafraîchisses en courage pareil pour l'avenir. A parfaire et consommer cette entreprise, tu peux assez te souvenir comment je n'ai rien épargné : mais aussi t'y ai-je secouru comme si je n'avais eu autre

XIV.

trésor en ce monde que de te voir, une fois dans ma vie, absolu et parfait,
autant en vertus, honnêteté, et prudhomie, comme en tout savoir libéral
et honnête, et de te laisser tel après ma mort, comme un miroir repré-
sentant la personne de moi, ton père...

« C'est pourquoi, mon fils, je souhaite que tu emploies ta jeunesse à bien
profiter en études et en vertus. Tu es à Paris, tu as ton précepteur Epistémon, dont l'un par vives instructions vocales, l'autre par louables
exemples, te peuvent instruire. J'entends et veux que tu apprennes les
langues parfaitement,... et qu'il n'y ait histoire que tu ne tiennes présente
en mémoire. Des arts libéraux, géométrie, arithmétique et musique, je t'en
donnai quelque goût quand tu étais encore petit : poursuis le reste, et sache
aussi tous les canons de l'astronomie! Mais néglige l'astrologie divinatrice
et l'art de Raymond Lulle, comme abus et vanités!...

« Et quant à la connaissance des faits de nature, je veux que tu t'y adonnes
soigneusement, qu'il n'y ait mer, rivière, ni fontaine, dont tu ne connaisses
les poissons ; tous les oiseaux de l'air, tous les arbres, arbustes, et fruits
des forêts, toutes les herbes de la terre, tous les métaux cachés au ventre
des abîmes, que rien ne te soit inconnu...

« En somme, que je te voie un abîme de science : car, aussitôt que tu de-
viendras homme et te feras grand, il te faudra sortir de cette tranquillité
et repos d'étude, et apprendre la chevalerie et les armes, pour défendre ma
maison et secourir nos amis dans toutes leurs affaires, contre les assauts
des malfaiteurs...

« Mais parce que, selon le sage Salomon, sagesse n'entre point en âme
malévole, et science sans conscience n'est que ruine de l'âme, il te convient
de servir, aimer, et craindre Dieu, et de mettre en lui toutes tes pensées et
tout ton espoir ; et, par foi formée de charité, d'être uni à lui, en sorte que
jamais tu n'en sois séparé par péché. Aie pour suspects les abus du monde !
Ne mets point ton cœur dans les choses vaines : car cette vie est transitoire, mais la parole de Dieu demeure éternellement. Sois serviable à tous
tes prochains, et les aime comme toi-même ! Révère tes précepteurs, fuis
les compagnies des gens auxquels tu ne veux point ressembler, et ne reçois
pas en vain les grâces que Dieu t'a données! Et, quand tu reconnaîtras
que tu auras acquis tout le savoir de là-bas, retourne vers moi, afin que
je te voie, et te donne ma bénédiction avant de mourir !

« Mon fils, la paix et grâce de Notre-Seigneur soient avec toi, *Amen*! De
Utopie, ce dix-septième jour du mois de mars. Ton père, GARGANTUA. »

La rencontre de Pa-nurge. Immédiatement après nous avoir fait connaître cette lettre de Gargantua, Rabelais introduit en scène l'un de ses personnages les plus importants, et qui va même, désormais, occuper le premier plan jusqu'à la fin de l'ouvrage.

Un jour, Pantagruel, se promenant hors la ville, vers l'abbaye Saint-Antoine, devisant et philosophant avec ses gens et certains écoliers, rencontra un homme bien de stature et élégant en tous linéaments du corps, mais pitoyablement blessé en divers lieux, et si mal en ordre qu'il semblait être échappé des chiens, ou mieux encore ressemblait à un cueilleur de pommes du pays du Perche. Du plus loin qu'il le vit, Pantagruel dit aux assistants : « Voyez-vous cet homme qui vient par le chemin du pont de Charenton? Par ma foi, il n'est pauvre que par infortune : car je vous assure que, à sa physionomie, nature l'a produit de riche et noble lignée : mais les aventures des gens curieux l'ont réduit en telle pénurie et indigence ! » Et, aussitôt qu'il fut arrivé en face d'eux, Pantagruel lui demanda : « Mon ami, je vous prie que veuillez un peu vous arrêter ici et me répondre à ce que je vous demanderai ; et vous ne vous en repentirez point : car j'ai intention très grande de vous donner aide selon mon pouvoir, en la calamité où je vous vois, car vous me faites grand'pitié! Et donc, mon ami, dites-moi, qui êtes-vous, d'où venez-vous, où allez-vous, que cherchez-vous, et quel est votre nom? » Le compagnon lui répondit en langue germanique... mais à cela dit Pantagruel : « Mon ami, je n'entends point ce baragouin ; donc, si vous voulez qu'on vous entende, parlez autre langage ! » Sur quoi le compagnon lui répondit : « *Albarildim got fano dechmin brin alabo dordio fralbroth ringuam albaras...* »

« Entendez-vous rien à cela? » dit Pantagruel aux assistants. A quoi dit Epistémon : « Je crois que c'est le langage des antipodes ! le diable n'y mordrait mie ! » Lors dit Pantagruel : « Compère, je ne sais si les murailles vous entendront, mais, parmi nous, nul n'y entend mot ! »

Tour à tour le personnage répond en italien, en anglais, en basque, en un langage fantaisiste, en flamand, en espagnol, en danois, en hébreu, en grec, en basbreton, et en latin.

« Dites, mon ami, dit Pantagruel, ne savez-vous point parler français? — Si fait, très bien, seigneur ! répondit le compagnon. Dieu merci ! c'est ma langue naturelle, car je suis né et ai été nourri au jardin de France, c'est-à-dire en Touraine. — Donc, dit Pantagruel, racontez-nous quel est votre nom et d'où vous venez ! car, par ma foi, je vous ai déjà pris en amour si grand que, si vous condescendez à mon vouloir, vous ne bougerez jamais de ma compagnie, et vous et moi ferons une nouvelle paire d'amitié, telle que fut entre Énée et Achate ! — Seigneur, dit le compagnon, mon vrai et propre nom de baptême est Panurge, et à présent je viens de Turquie, où je fus emmené prisonnier lorsqu'on alla à Métélin en la male heure. Et volontiers je vous raconterais mes infortunes, qui sont plus merveilleuses que celles d'Ulysse : mais, puisqu'il vous plaît de me retenir avec vous, — et j'accepte volontiers l'offre, protestant de ne jamais vous laisser, allassiezvous même à tous les diables, — nous aurons, en autre temps plus commode, assez loisir d'en parler ; car pour cette heure, j'ai nécessité bien urgente de me repaître : dents creuses, ventre vide, gorge sèche, appétit strident. Si me voulez mettre en œuvre, ce sera baume de me voir manger ; par Dieu, donnez-y ordre ! » Lors Pantagruel commanda qu'on le menât en son logis, et qu'on lui apportât force vivres: ce qui fut fait, et mangea très bien ce soir-là, et s'en alla coucher en chapon (1), et dormit jusqu'au lendemain à l'heure de dîner, en sorte qu'il ne fit que trois pas et un saut, du lit à table.

(1) C'est-à-dire comme les poules, de très bonne heure.

∞ **XVI** ∞

Des mœurs et conditions de Panurge. Panurge était de stature moyenne, ni trop grand, ni trop petit, et avait le nez un peu aquilin, fait en manche de rasoir, et était alors de l'âge de trente-cinq ans ou environ, fin comme une dague, bien galant homme de sa personne, si ce n'est qu'il était sujet, de nature, à une maladie qu'on appelait, en ce temps-là :

Faute d'argent, c'est douleur sans pareille.

Toutefois, il avait soixante et trois manières d'en trouver toujours à son besoin, dont la plus honorable et la plus commune était par façon de larcin furtivement fait ; malfaisant, pipeur, buveur, batteur de pavés, s'il en était à Paris ; au demeurant le meilleur fils du monde. Et toujours machinait quelque chose contre les sergents et contre le guet.

Une fois, il assemblait trois ou quatre bons rustres, les faisait boire comme des Templiers, puis les menait au-dessous de Sainte-Geneviève, ou auprès du Collège de Navarre, et, à l'heure que le guet montait par là, — ce qu'il reconnaissait en mettant son épée sur le pavé et l'oreille auprès, et lorsqu'il entendait son épée branler, c'était signe infaillible que le guet était proche, — aussitôt, donc, lui et ses compagnons prenaient un tombereau et le mettaient en branle, le ruant à grande force contre la vallée, et ainsi précipitaient tout le pauvre guet par terre, comme des porcs : puis eux-mêmes fuyaient de l'autre côté, car, en moins de deux jours, il avait su toutes les rues, ruelles, et traverses de Paris comme son *Deus det* (1). Une autre fois, faisait en quelque belle place, par où ledit guet devait passer, une traînée de poudre de canon, et, à l'heure que le guet passait, il mettait le feu dedans, et puis prenait son passe-temps à voir la bonne grâce qu'ils avaient en fuyant, pensant que le feu de Saint-Antoine les tenait aux jambes. Et, à l'égard des pauvres maîtres ès arts et théologiens,

---

(1) Premiers mots de la prière d'action de grâces qu'on avait coutume de réciter à la fin des repas.

XVI.

il les persécutait par-dessus tous autres. Quand il rencontrait quelqu'un
d'entre eux par la rue, jamais il ne manquait de leur faire quelque mal,
tantôt leur mettant une ordure dans leur chaperon, tantôt leur attachant
par derrière de petites queues de renard, ou des oreilles de lièvre, ou quelque
autre mal. Un jour que l'on avait assigné à tous les théologiens de se
trouver en Sorbonne, il fit une tarte bourbonnaise, composée à grand
renfort d'ail, d'*assa-fœtida*, de bouse toute chaude ; et, de fort bon matin,
engraissa et oignit tout le treillis de la Sorbonne, en sorte que le diable
n'y eût pas duré. Et toutes ces bonnes gens rendaient là leurs boyaux
devant tout le monde, et en mourut dix ou douze de peste, quatorze en
devinrent lépreux, dix-huit en furent couverts d'ulcères : mais il ne s'en
souciait nullement... En son sac avait plus de vingt-six petites pochettes
et étuis, toujours pleines, l'une d'un peu d'eau de plomb, et d'un petit
couteau affilé comme l'aiguille d'un pelletier, dont il coupait les bourses ;
l'autre, de verjus, qu'il jetait dans les yeux de ceux qu'il trouvait...

Une fois, à l'issue du Palais, lorsqu'un cordelier disait la messe, il l'aida
à s'habiller et revêtir, mais, en l'accoutrant, il lui cousit l'aube avec sa
robe et chemise, et puis se retira quand messieurs de la Cour vinrent
s'asseoir pour entendre cette messe. Mais quand ce fut à l'*Ite Missa est*,
et que le pauvre frater se voulut dévêtir de son aube, il emporta ensemble
et habit et chemise, qui étaient bien cousus ensemble... et le frater toujours
tirait, mais d'autant plus il se découvrait... Dès lors fut ordonné que les
pauvres pères ne se déshabilleraient plus devant le monde, mais en leur
sacristie...

Toute la fin du second livre est consacrée, comme celle du premier, à des récits
comiques de batailles, où les ruses et l'effronterie de Panurge sont d'un secours
précieux à Pantagruel. Celui-ci finit par s'approprier le pays des Dipsodes, dont
il devient roi. Le troisième livre nous le fait voir, d'abord, s'installant dans son
nouveau royaume, et donnant à Panurge la châtellenie de Salmigondin, où le
châtelain improvisé « en moins de quatorze jours dilapide le revenu certain et
incertain de sa châtellenie pour trois ans », — ce qui lui fournit l'occasion d'ex-
pliquer à Pantagruel l'utilité qu'il y a, pour un homme intelligent, à « manger
son blé en herbe ». Après quoi vient le célèbre éloge des « débiteurs et emprunteurs ».

Comment Panurge loue les débiteurs et les emprunteurs.

« Mais, demanda Pantagruel, quand serez-vous hors de dettes?

— Aux calendes grecques, répondit Panurge, lorsque tout le monde sera content, et que vous serez héritier de vous-même! Dieu me garde d'en être hors : je ne trouverais plus, alors, personne qui me prêtât un denier. Devez-vous toujours à quelqu'un? Par celui-là Dieu sera continuellement prié de vous donner bonne, longue, et heureuse vie. Craignant de perdre sa dette, toujours il dira du bien de vous en toute compagnie, toujours il vous attirera de nouveaux créanciers, afin que par eux vous puissiez le payer, et de terre d'autrui remplissiez son fossé... Croyez bien qu'en fervente dévotion vos créanciers prieront Dieu que vous viviez, et craindront que vous mouriez! Témoins les usuriers de Landerousse, qui naguère se pendirent, voyant les blés et les vins baisser de prix et le bon temps retourner! »

Et comme Pantagruel ne répondait rien, Panurge continua : « Vrai Dieu, quand j'y pense, vous me remettez à point en me reprochant mes dettes et créanciers. Déjà, en cette seule qualité, je me réputais auguste, révérend et redoutable, quand, sur l'opinion de tous les philosophes, qui disent que rien ne se fait de rien, j'étais facteur et créateur. J'avais créé quoi? Tant de beaux et bons créanciers. Créanciers sont, — je le maintiens jusqu'au feu, exclusivement, — créatures belles et bonnes. Qui rien ne prête est créature laide et mauvaise, créature du grand vilain diable d'enfer. Et j'avais fait quoi? Des dettes ! O chose rare et admirable ! Des dettes, dis-je, excédant le nombre des syllabes résultantes de l'accouplement de toutes les consonnes avec les voyelles. Pensez-vous que je suis aise, quand tous les matins, autour de moi, je vois ces créanciers si humbles, serviables, et copieux en révérences? Et quand je note que, moi faisant à l'un visage plus ouvert et meilleure chère qu'aux autres, le paillard pense avoir son argent le premier, et s'imagine de mon rire que ce soit argent comptant ! Ce sont mes candidats, mes parasites, mes salueurs,

XVII.

mes diseurs de bonjours, mes orateurs perpétuels. Et véritablement, je croyais consister en dettes cette montagne de vertus héroïques décrite par Hésiode, à laquelle tous humains semblent tirer et aspirer. Mais peu y montent, pour la difficulté du chemin, car n'est pas débiteur qui veut, et ne fait pas créanciers qui veut. Et vous voulez me débouter de cette facilité souveraine? Vous me demandez quand serai hors de dettes ? Bien plus il y a : je me donne à saint Babolin, le bon saint, si, toute ma vie, je n'ai pas estimé les dettes être comme une connexion et réunion des cieux et terre, un entretien unique de la lignée humaine, sans lequel tous humains périraient, et même être cette grande âme de l'univers qui, selon les Académiques, vivifie toutes choses. Représentez-vous en esprit l'idée et forme de quelque monde où ne soit aucun débiteur ni créancier! Un monde sans dettes !... Entre les humains, l'un ne saluera plus l'autre. Il aura beau crier à l'aide, au feu, à l'eau, au meurtre : personne n'ira au secours, pourquoi? Il n'avait rien prêté, on ne lui devait rien. Personne n'a intérêt dans sa conflagration, dans son naufrage, dans sa ruine, dans sa mort. Bref, de ce bas monde seront bannies foi, espérance, charité, car les hommes sont nés pour l'aide et secours des hommes. En leur lieu viendront défiance, mépris, rancune, avec la cohorte de tous les maux, toutes malédictions, et toutes misères. Les hommes seront loups aux hommes... En ce monde déraillé, ne devant rien, ne prêtant rien, n'empruntant rien, vous verrez une conspiration plus pernicieuse que ne l'a figurée Ésope dans son apologue. »

La consultation de Panurge touchant son mariage.

Cependant Panurge est envahi, tout à coup, d'un vif désir de se marier ; et l'incertitude où il est sur le parti à prendre dans cette circonstance va désormais servir de sujet, ou tout au moins de prétexte, à tout ce qui nous reste de l'œuvre de Rabelais. Panurge commence par demander conseil à son maître et ami Pantagruel, à qui il fait part de son désir matrimonial.

Panurge continua, et dit avec un profond soupir : « Seigneur, vous avez entendu ma délibération, qui est de me marier. Je vous supplie, par l'amour que si longtemps vous m'avez porté, dites-m'en votre avis ! — Puisque vous en avez une fois jeté le dé, répondit Pantagruel, et qu'ainsi l'avez décrété et pris en ferme délibération, plus n'en faut parler. Reste seulement à mettre la chose en exécution ! — Mais, dit Panurge, si vous reconnaissiez qu'il vaudrait mieux pour moi demeurer tel que je suis, sans entreprendre cette nouveauté, j'aimerais mieux ne pas me marier ! — Donc, ne vous mariez pas ! répondit Pantagruel. — Voire mais, dit Panurge, voudriez-vous qu'ainsi je demeurasse seulet, toute ma vie, sans compagnie conjugale ? Vous savez qu'il est écrit : *Væ soli !* L'homme seul n'a jamais telle satisfaction que l'on voit entre gens mariés. — Mariez-vous donc, de par Dieu ! répondit Pantagruel. — Mais si, dit Panurge, ma femme me trompait comme vous savez qu'il en est beaucoup, ce serait assez pour me faire sortir hors des gonds d'endurance ! — Donc ne vous mariez point ! répondit Pantagruel : car la sentence de Sénèque est véritable sans aucune exception : ce que tu auras fait à autrui, sois certain qu'autrui te le fera ! — Dites-vous cela sans exception ? demanda Panurge. — *Sans exception*, ainsi il est dit dans Sénèque ! répondit Pantagruel. — Oh ! oh ! dit Panurge, de par le petit diable, il entend par là en ce monde ou dans l'autre. Voire mais, puisque je ne peux me passer de femme, non plus qu'un aveugle de bâton, n'est-ce pas le mieux que je m'associe à quelque honnête et digne femme ? — Mariez-vous donc, de par Dieu ! répondit Pantagruel. — Mais si, dit Panurge, arrivait que j'épousasse quelque femme de bien, et qu'elle me

XVIII.

battit, j'enragerais tout vif. Car on m'a dit que ces femmes de bien ont communément mauvaise tête ; je l'aurais encore pire, et lui battrais tant ses bras, jambes, tête, poumons, foie, et rate, et lui déchiquetterais tant ses habillements, que le grand diable en attendrait l'âme damnée à la porte ! De ces tracas je me passerais bien pour cette année, et serais content de n'y pas entrer ! — Donc, ne vous mariez pas ! répondit Pantagruel. — Voire, mais, dit Panurge, songez à l'état où je suis ! Je n'ai personne qui se souciât un peu de moi ; et si, par hasard, je tombais en maladie, je ne serais traité qu'au rebours !... — Mariez-vous donc, de par Dieu ! répondit Pantagruel. — Mais si, dit Panurge, étant malade, ma femme non seulement ne voulait pas me secourir, mais aussi se moquait de ma calamité, et, qui pis est, m'abandonnait comme j'ai vu souvent advenir? — Donc, ne vous mariez pas ! répondit Pantagruel. — Voire, mais, dit Panurge, jamais je n'aurais autrement fils ni fille auxquels j'eusse espoir de laisser mon nom et mes armes !... — Mariez-vous donc ! dit Pantagruel.

— Votre conseil, dit Panurge, ressemble à la chanson de ricochet : ce ne sont que sarcasmes, moqueries, et redites contradictoires. Les unes détruisent les autres, et je ne sais auxquelles me tenir ! — Aussi, répondit Pantagruel, dans vos propositions il y a tant de *si* et de *mais* que je n'y saurais rien fonder ni rien résoudre. N'êtes-vous pas assuré de votre vouloir? Tout le reste est fortuit, et dépendant des dispositions fatales du ciel. Nous voyons bon nombre de gens si heureux, dans cette rencontre, qu'en leur mariage semble reluire quelque idée et représentation des joies du Paradis. D'autres y sont si malheureux que les diables qui tentent les ermites dans les déserts de Thébaïde ne le sont pas davantage. Il convient de s'y mettre à l'aventure, les yeux bandés, baissant la tête, baisant la terre, et se recommandant à Dieu au demeurant. D'autre assurance, je ne saurais vous en donner ! »

Toute la fin du troisième livre est remplie d'un récit des consultations de Panurge touchant les avantages et inconvénients du mariage. Parmi les visites singulières qui nous sont racontées à cette occasion, figurent, notamment, celle au juge Bridoye, qui s'en remet des sentences de ses procès au hasard des dés, et celle au poète Raminagrobis.

La visite de Panurge au poète Raminagrobis. « Je ne pensais pas, dit Pantagruel, rencontrer jamais homme aussi obstiné dans ses appréhensions comme je vous vois. Cependant, pour éclaircir votre doute, je suis d'avis que nous mouvions toute pierre. Écoutez ma conception ! Les cygnes, qui sont oiseaux consacrés à Apollon, ne chantent jamais sinon quand ils approchent de leur mort,... de manière que chant de cygne est présage certain de sa mort prochaine, et cet oiseau ne meurt qu'il n'ait, préalablement, chanté. De la même façon les poètes, qui sont aussi sous la protection d'Apollon, en approchant de leur mort ordinairement deviennent prophètes et chantent par inspiration apolline, vaticinant des choses futures.

« J'ai, en outre, souvent ouï dire que tout homme vieux, décrépit, et près de sa fin, devine facilement les cas à venir. Et il me souvient qu'Aristophane, en quelque comédie, appelle les gens vieux : des sibylles... Or, nous avons ici près de la Ville-au-Maire (1), un homme et vieux et poète : c'est Raminagrobis, lequel en secondes noces épousa la grande Truie, dont naquit la belle Basoche (2). J'ai appris qu'il est à l'article et dernier moment de son décès : transportez-vous vers lui et oyez son chant ! Il se pourra que, de lui, aurez ce que cherchez, et que par lui Apollon dissoudra votre doute ! — Je le veux ! répondit Panurge. Allons-y de ce pas, Epistémon, de peur que la mort ne le prévienne ! Veux-tu venir aussi, frère Jean ? — Je le veux, répondit frère Jean, bien volontiers pour l'amour de toi ! car je t'aime du bon du foie ! » Sur l'heure fut par eux chemin pris ; et, arrivant au logis poétique, trouvèrent le bon vieillard en agonie, avec maintien joyeux, face ouverte, et regard lumineux. Panurge, le saluant, lui mit au doigt moyen de la main gauche, en pur don, un anneau d'or, au chaton duquel était un saphir oriental beau et ample ; puis, à l'imitation de So-

(1) C'est encore un village voisin de Chinon.
(2) On a supposé que Rabelais avait voulu désigner sous ce nom le médiocre poète Guillaume Crétin, chanoine de la Sainte-Chapelle de Paris.

XIX.

crate, lui offrit un beau coq blanc, qui, aussitôt posé sur son lit, la tête levée
en grande allégresse, secoua son plumage, puis chanta en bien haut ton.
Cela fait, Panurge le requit courtoisement de dire et exposer son juge-
ment sur le doute du mariage projeté.

Le bon vieillard commande qu'on lui apporte encre, plume, et papier.
Le tout fut promptement livré. Après quoi écrivit ce qui suit :

> Prenez-la, ne la prenez pas !
> Si vous la prenez, c'est bien fait ;
> Si ne la prenez, en effet,
> Ce sera ouvré par compas.
> Galopez, mais allez au pas,
> Reculez, entrez-y de fait !
> Prenez-la, etc.
>
> Jeunez, prenez double repas,
> Défaites ce qui était fait,
> Refaites ce qui était défait,
> Souhaitez-lui vie et trépas !
> Prenez-la etc. (1).

Puis leur remit ces vers en main et leur dit : « Allez, enfants, sous la
garde du grand Dieu des cieux, et ne m'inquiétez plus de cette affaire, ni
d'aucune autre qui soit ! J'ai, en ce jour d'aujourd'hui, qui est le dernier
de mai et de moi, chassé à grande fatigue et difficulté un tas de vilaines
bêtes noires, bigarrées, blanches, cendrées, tachetées, qui ne voulaient pas
me laisser mourir à mon aise, et, par des importunités frelonniques, me
détournaient des douces pensées auxquelles j'acquiesçais, contemplant,
voyant, et déjà touchant et goûtant le bien et félicité que le bon Dieu a
préparé à ses fidèles et élus, en l'autre vie et état d'immortalité. Écartez-
vous de leur voie, ne soyez pas semblables à eux, ne me molestez plus, et
laissez-moi en silence, je vous supplie ! »

Enfin Panurge et ses amis décident d'aller consulter, sur l'éternelle question
du mariage, l'Oracle de la Dive Bouteille ; et tout le quatrième et dernier
livre nous les montre naviguant en quête de cet Oracle, ce qui fournit à
Rabelais l'occasion de nous décrire toute sorte d'îles rencontrées au cours
de ce voyage, comme aussi de nous raconter maintes aventures maritimes,
parmi lesquelles la plus célèbre est celle des moutons de Panurge.

(1) Tout ce *rondel* est emprunté par Rabelais aux poèmes « équivoques » de Guillaume Crétin,
qui jouissaient alors d'une certaine célébrité.

Les moutons de Panurge. Pendant que nous allions ainsi naviguant, Panurge prit débat avec un marchand de Taillebourg, nommé Dindenault, qui avait, sur le navire, une grande quantité de moutons... Panurge, dévotement, le priait de lui vouloir vendre un de ses moutons. Le marchand lui répondit : « Hélas ! mon ami, comme vous savez bien vous moquer des pauvres gens ! O le vaillant acheteur de moutons ! Vrai Dieu, vous portez le minois non pas d'un acheteur de moutons, mais bien d'un coupeur de bourses ! — Patience ! dit Panurge. Mais, à propos, par grâce spéciale, vendez-moi un de vos moutons !... Tenez, voyez là votre argent ! »

Panurge, ayant payé le marchand, choisit de tout le troupeau un beau et grand mouton, et l'emporta criant et bêlant, pendant que tous les autres l'écoutaient et ensemblement bêlaient, et regardaient de quel côté on menait leur compagnon...

Soudain, je ne sais comment, car le cas fut subit, Panurge, sans dire autre chose, jette en pleine mer son mouton criant et bêlant. Tous les autres moutons, criant et bêlant du même ton, commencèrent à se jeter et à sauter en mer, derrière lui, à la file. C'était à qui y sauterait le premier, et sans qu'il fût possible de les en empêcher. Comme vous savez que c'est le naturel du mouton, de toujours suivre le premier, quelque part qu'il aille, aussi Aristote le dit-il être le plus sot et inepte animal du monde. Le marchand, tout effrayé de ce que, devant ses yeux, il voyait périr et noyer ses moutons, s'efforçait de les empêcher et retenir de tout son pouvoir : mais c'était en vain. Tous, à la file, sautaient dans la mer et périssaient. Finalement, il en prit un grand et fort par la toison sur le tillac du navire, pensant ainsi le retenir, et sauver le reste aussi en conséquence. Mais le mouton fut si puissant qu'il emporta en mer avec soi le marchand, et celui-ci fut noyé, de la même façon que les moutons de Polyphème, le Cyclope borgne, emportèrent hors de la caverne Ulysse et ses compagnons. Autant en firent les autres bergers et moutonniers, les prenant les uns par les

XX.

cornes, d'autres par les jambes, d'autres par la toison : lesquels furent tous
pareillement portés en mer et noyés misérablement.

Panurge, tenant un aviron en main, non pour aider les moutonniers,
mais pour les empêcher de grimper sur le navire et d'échapper au naufrage,
les prêchait éloquemment comme s'il fût un petit frère Olivier Maillard, ou
un second frère Jean Bourgeois (1), leur remontrant, par lieux communs de
rhétorique, les misères de ce monde, le bien et le bonheur de l'autre vie,
affirmant les trépassés être plus heureux que les vivants en cette vallée
de misère, et promettant à chacun d'eux de lui ériger un beau cénotaphe et
sépulcre honoraire au plus haut du mont Cenis, à son retour du Lanter-
nois... Le navire vidé du marchand et des moutons : « C'est un tour de
vieille guerre, dit Panurge... Que t'en semble, frère Jean?... Vertu-dieu,
j'y ai eu du passe-temps pour plus de cinquante mille francs ! Retirons-
nous, le vent est propice ! Frère Jean, écoute-moi : jamais homme ne me
fit plaisir sans récompense, ou pour le moins sans reconnaissance. Je ne
suis pas ingrat, et ne le fus ni ne le serai. Mais jamais homme ne me fit
déplaisir sans repentance, ou en ce monde ou en l'autre ! Je ne suis point
fat jusque-là ! — Tu te damnes comme un vieux diable ! dit frère Jean.
Car il est écrit, dans mon bréviaire : « C'est moi qui me suis réservé la ven-
« geance ! »

(1) Olivier Maillard et Jean Bourgeois étaient deux célèbres prédicateurs parisiens du temps.

La tempête. Le lendemain, nous rencontrâmes un navire chargé de moines, jacobins, jésuites, capucins, ermites, augustins, bernardins, célestins, théatins, egnatins, amadéants, cordeliers, carmes, minimes, et autres saints religieux, qui allaient au concile de Chesil (1) pour discuter les articles de la foi contre les nouveaux hérétiques. Les voyant, Panurge entra en excès de joie, comme assuré d'avoir toute bonne fortune pour ce jour-là et les autres subséquents. Et, ayant courtoisement salué les béats pères, et recommandé le salut de son âme à leurs dévotes prières et menus suffrages, il fit jeter en leur nef soixante et dix-huit douzaines de jambons, nombre de caviars, dizaines de cervelas, et deux mille beaux ducats pour les âmes des trépassés. Pantagruel restait tout pensif et mélancolique. Frère Jean l'aperçut, et lui demandait d'où lui venait telle fâcherie non accoutumée, quand le pilote, considérant les voltigements du pennon sur la poupe, et prévoyant un tyrannique grain et une tempête nouvelle, commanda à tous d'être sur l'alerte, tant matelots et mousses que nous autres voyageurs ; fit mettre bas voiles, méjane, contreméjane, triou, maistralle, épagon, civadière, fit caler les boulingues, descendre le grand artimon, et de toutes les antennes ne rester que les griselles et les coutières. Soudain la mer commence à s'enfler et tumultuer hors du bas abîme ; les fortes vagues battent les flancs de nos vaisseaux ; le mistral, accompagné d'un ouragan effréné, de noires trombes, de terribles tourbillons, de mortelles bourrasques, se met à siffler à travers nos antennes. Le ciel tonne du haut, foudroie, éclaire, pleut, grêle ; l'air perd sa transparence, devient opaque, ténébreux, et obscurci, au point que nulle autre lumière ne nous apparaissait que des foudres, éclairs, et infractions des flambantes nuées... Croyez que cela nous semblait être l'antique chaos, dans lequel étaient feu, air, mer, terre, tous les éléments en réfractaire confusion. Panurge, ayant du contenu de son estomac bien repu les poissons voraces,

(1) C'est un lieu imaginaire : mais Rabelais veut sans doute faire allusion ici au fameux concile de Trente.

XXI.

restait accroupi sur le tillac, tout affligé, et à demi-mort. Il invoqua tous
les bienheureux saints et saintes à son aide, protesta de se confesser en
temps et lieu, puis s'écria en grand effroi, disant : « Majordom, ohe, mon
ami, mon père, mon oncle, apportez-moi un peu de salé : car nous ne
boirons tantôt que trop à ce que je vois ! A petit manger bien boire, ce
sera désormais ma devise. Plût à Dieu et à la bienheureuse, digne, et sainte
Vierge, que maintenant je fusse en terre ferme bien à mon aise ! Oh ! que
trois et quatre fois heureux sont ceux qui plantent des choux ! Oh !
Parques, que ne me filâtes-vous pour planteur de choux ! Oh ! que petit
est le nombre de ceux à qui Jupiter a porté telle faveur qu'il les a destinés
à planter des choux ! Car ils ont toujours un pied en terre, et l'autre n'est
pas loin ! Dispute qui voudra de la félicité et du souverain bien : mais
quiconque plante des choux est présentement, par mon décret, déclaré
bienheureux ! Ah ! pour manoir déifique et seigneurial il n'y a que le plan-
cher des vaches ! Cette vague nous emportera, Dieu sauveur ! O mes amis,
un peu de vinaigre ! je tressue de grande misère... Par ma foi, j'ai belle
peur ! Bon, bon, bon, c'est fait de moi ! Je me noie, je me noie, je meurs,
bonnes gens, je meurs ! »

Pantagruel, après avoir d'abord imploré l'aide du grand Dieu sauveur et
fait oraison publique en fervente dévotion, sur le conseil du pilote, tenait
le grand mât fort et ferme ; frère Jean s'était mis en pourpoint pour
secourir les matelots. Seul Panurge restait accroupi sur le tillac, pleurant
et lamentant. Frère Jean l'aperçut en passant près de lui, et lui dit :
« Par Dieu, Panurge le veau, Panurge le pleurard, Panurge le criard, tu
ferais beaucoup mieux en nous aidant ici que pleurant là comme une vache,
assis sur ton derrière comme un magot ! — Bé, bé, bous, bous, répondit
Panurge, frère Jean, mon ami, mon bon père, je me noie, mon ami, je
me noie ! C'est fait de moi, mon père spirituel, mon ami, c'en est fait !...
Hélas ! frère Jean, confession ! vous me voyez ici à genoux ! *confiteor*,
votre sainte bénédiction ! — Viens, pendu au diable, dit frère Jean, viens
ici nous aider de par trente légions de diables ! — Ne jurons point, dit
Panurge, mon père, mon ami, pour le moment ! Demain, tant que vous
voudrez ! »

L'île des Papefigues, et l'histoire d'un paysan plus malin que le diable.

Au lendemain matin, nous rencontrâmes l'île des Papefigues. Ceux-là étaient jadis riches et libres, et on les nommait Gaillardets ; mais, pour lors, étaient pauvres, malheureux, et sujets aux Papimanes.... Voyant la misère et calamité du peuple, ne voulûmes pas entrer plus avant. Seulement, pour prendre de l'eau bénite et nous recommander à Dieu, entrâmes dans une petite chapelle près le port, ruinée et désolée. Entrés dans la chapelle et prenant de l'eau bénite, aperçûmes dedans le bénitier un homme tout couché dans l'eau comme un canard au plongeon, excepté un peu du nez pour respirer. Autour de lui étaient trois prêtres bien ras et tonsurés, lisant le grimoire et conjurant le diable. Pantagruel trouva le cas étrange. Et, demandant quel jeu c'était qu'ils jouaient là, fut averti que, depuis trois ans passés, avait régné dans l'île une pestilence si terrible que, pour la moitié et plus, le pays était resté désert, et les terres sans possesseurs. La pestilence passée, cet homme caché dans le bénitier avait un grand champ, et le semait de blé un jour qu'un petit diable avait obtenu de Lucifer de venir se recréer et ébattre dans cette île des Papefigues. Ce diable, arrivé au lieu, s'arrêta au laboureur, et lui demanda ce qu'il faisait. Le pauvre homme répondit qu'il semait ce champ de blé pour s'aider à vivre l'an suivant. — Voire, mais, dit le diable, ce champ n'est pas à toi ; il est à moi et m'appartient. Car, depuis l'heure et le temps qu'au pape vous fîtes la figue, tout ce pays nous fut adjugé, prescrit, et abandonné ! Toutefois, semer du blé n'est pas mon état ; et, par suite, je te laisse le champ, mais c'est à condition que nous en partagerons le profit. Du profit advenant nous ferons deux lots. L'un sera ce qui croîtra sur terre, l'autre ce qui sera recouvert dans la terre. Le choix m'appartient : car je suis diable extrait de noble et antique race, et tu n'es qu'un vilain. Je choisis ce qui sera dans la terre : toi, tu auras le dessus. En quel temps sera la cueillette ? — A mi-juillet ! répondit le laboureur. — Or, dit le diable, je ne manquerai pas à m'y trouver. Fais pour le reste comme est ton devoir ! Travaille, vilain, travaille ! »...

XXII.

Inutile d'ajouter que le diable est « volé », ou plutôt se vole soi-même en proposant un tel partage. L'année suivante, il réclame pour sa part ce qui se trouvera au-dessus du sol : le paysan plante des raves, et son partenaire est encore « refait ».

« Je vois bien, vilain, dit alors le diable, que par toi je suis trompé ! Mais je veux faire une fin de ce champ entre toi et moi. Ce sera en tel pacte que nous nous entre-gratterons l'un l'autre, et celui de nous deux qui se rendra le premier renoncera à sa part du champ. La journée sera à huitaine. Va, vilain, je te gratterai en diable ! »...

Le laboureur, retournant dans sa maison, était triste et pensif. Sa femme, le voyant tel, craignait qu'on l'eût volé au marché. Mais, entendant la cause de sa mélancolie, et voyant aussi sa bourse pleine d'argent, elle le réconforta doucement, et l'assura que de cette grattelle aucun mal ne lui adviendrait : seulement que sur elle il eût à se poser et reposer. Elle avait déjà imaginé une bonne issue.

Le jour de l'assignation était celui où nous vînmes dans l'île. A bonne heure du matin, le laboureur s'était très bien confessé, avait communié comme bon catholique, et, par le conseil du curé, s'était caché dans le bénitier, en l'état où nous l'avions trouvé. Sur l'instant qu'on nous racontait cette histoire, eûmes avertissement que la vieille avait trompé le diable et gagné le champ. La manière fut telle. Le diable vint à la porte du laboureur, et, en sonnant, s'écria : « O vilain, vilain, me voici, à belles griffes ! » Puis, entrant dans la maison tout galant et bien délibéré, et n'y trouvant pas le laboureur, il avisa sa femme étendue par terre, pleurante et lamentante. « Qu'est ceci ? demanda le diable, où est-il, que fait-il ? — Ah! dit la vieille, où est-il, le méchant, le bourreau, le brigand ? Il m'a affolée, je suis perdue, je meurs du mal qu'il m'a fait ! — Comment, dit le diable, qu'y a-t-il ? Je vous le régalerai bien tantôt ! — Ah! dit la vieille, il m'a dit, le bourreau, le tyran, l'égratigneur de diables, qu'il avait aujourd'hui assignation de se gratter avec vous ; pour essayer ses ongles, il m'a seulement grattée du petit doigt ici, dans le dos, et m'a tout à fait affolée ! Je suis perdue, jamais je n'en guérirai ! Encore est-il allé chez le maréchal, se faire aiguiser et apointer les griffes. Vous êtes perdu, monsieur le diable ! Sauvez-vous, il n'arrêtera point ! Retirez-vous, je vous en prie ! » Le diable, effrayé, s'écria : « Mahom, Démiourgon, Mégère, Alecto, Perséphone, il ne me tient pas ! Je lui quitte le champ ! »

Les paroles dégelées. En pleine mer nous banquetant, grignotant, devisant, et faisant beaux et courts discours, Pantagruel se leva et se tint debout pour examiner les environs. Puis il nous dit : « Compagnons, n'entendez-vous rien ? Il me semble que j'ouïs quelques gens parlant en l'air : toutefois, je ne vois personne. Écoutez ! » A son commandement, nous fûmes attentifs, et humions l'air à pleines oreilles comme belles huîtres en écaille, pour entendre si des voix ou aucun son y serait épars ; et, pour n'en rien perdre, à l'exemple d'Antonin l'empereur, quelques-uns de nous apposaient leurs mains, en paume, derrière les oreilles. Néanmoins, nous protestions n'entendre voix quelconque. Pantagruel continuait, affirmant ouïr voix diverses en l'air, tant d'hommes comme de femmes, quand enfin il nous parut ou que nous les entendions pareillement, ou que les oreilles nous cornaient. Plus nous persévérions écoutant, plus nous discernions les voix, jusques à entendre des mots entiers. Ce qui nous effraya grandement, et non sans cause, ne voyant personne, et entendant voix et sons si divers, d'hommes, de femmes, d'enfants, de chevaux. Si bien que Panurge s'écria : « Ventrebleu, nous sommes perdus ! Fuyons ! Il y a embûche alentour ! Frère Jean, es-tu là, mon ami ? Tiens-toi près de moi, je te supplie ! Nous sommes perdus ; écoutez : ce sont, par Dieu, coups de canon ! Je n'ai point de courage sur mer ! Sauvons-nous ! Je ne le dis point par peur que j'en aie : car je ne crains rien, excepté les dangers ! Fuyons, de par tous les diables, fuyons ! »

Pantagruel, entendant l'esclandre que faisait Panurge, dit : « Qui est ce fuyard là-bas ? Voyons premièrement quels gens ce sont !... Regardons si les verrons, ci-autour ! »

Le pilote fit réponse : « Seigneur, ne vous effrayez de rien ! C'est ici le confin de la mer glaciale, sur laquelle fut livrée, au commencement de l'hiver dernier, grosse et félone bataille entre les Arimaspiens et les Néphélibates. Alors gelèrent en l'air les paroles et cris des hommes et femmes, les heurts des harnais, les hennissements des chevaux, et tout

XXIII.

autre tumulte de combat. A cette heure, la rigueur de l'hiver étant passée, et arrivant la sérénité et la douceur du bon temps, toutes ces paroles fondent et sont entendues. — Par Dieu, dit Panurge, je t'en crois ! Mais ne pourrions-nous pas en voir quelques-unes ? — Tenez, tenez, dit Pantagruel, voyez-en ici qui ne sont pas encore dégelées ! »

Alors, il nous jeta, sur le tillac, pleines poignées de paroles gelées, et qui semblaient dragées perlées de diverses couleurs. Lesquels mots, après s'être quelque peu échauffés entre nos mains, fondaient comme neige, et nous les entendions réellement, mais ne les comprenions pas, car c'était langage barbare. Excepté un, assez grosset, qui, le frère Jean l'ayant échauffé entre ses mains, eut un son tel que font les châtaignes jetées dans la braise sans être ouvertes, lorsqu'elles s'éclatent, et nous fit tous tressaillir de peur. « C'était, dit frère Jean, un coup de canon en son temps ! »...

Puis Pantagruel en jeta encore, sur le tillac, trois ou quatre poignées. Et j'y vis des paroles bien piquantes, des paroles sanglantes, que le pilote nous disait retourner quelquefois au lieu d'où elles étaient proférées, mais c'était la gorge coupée ; des paroles horrifiques, et d'autres assez mal plaisantes à voir. Lesquelles ensemblement fondues, nous entendîmes : hin, hin, tique, brédédin, brédédac, frr, bou, bou, bou, trac, trr, trrr, trrrrr, on, on, goth, magoth, et ne sais quels autres mots barbares, et frère Jean disait que c'étaient vocables du heurt et hennissement des chevaux, à l'instant qu'on se choque ; puis en ouïmes d'autres qui, en dégelant, rendaient son les unes comme de tambours et fifres, les autres comme de clairons et trompettes. Croyez que nous y eûmes beaucoup de passe-temps ! Je voulais mettre en réserve, dans de l'huile, quelques mots de gueule, comme l'on garde la neige et la glace, entre du foin bien net. Mais Pantagruel ne le voulut pas, disant être folie de faire réserve de ce dont on ne manque point et que l'on a toujours en main, comme sont mots de gueule entre tous bons et joyeux Pantagruélistes. Et Panurge s'écria, disant : «Plût à Dieu qu'ici, sans procéder plus avant, j'eusse le mot de la Dive Bouteille ! »

Le manoir de messire Gaster. Ce jour-là, Pantagruel débarqua dans une île dont le gouverneur était messire Gaster, premier maître dans les arts de ce monde (1). Si vous croyez que le feu soit le grand maître des arts, comme l'écrit Cicéron, vous faites erreur. Si vous croyez que Mercure soit le premier inventeur des arts, comme jadis le croyaient nos antiques Druides, vous vous fourvoyez grandement. La sentence du satirique est vraie, qui dit que messire Gaster est le maître de tous les arts... A ce grand roi force nous fut de faire révérence, de jurer obéissance, et de porter honneur. Car il est impérieux, vigoureux, rond, dur, difficile, inflexible. A lui on ne peut rien faire croire, rien remontrer, rien persuader. Il n'entend rien de ce qu'on lui dit. Et de même que les Égyptiens disaient que le dieu du silence, Harpocrate, était sans bouche, ainsi Gaster fut créé sans oreilles. Il ne parle que par signes. Mais à ses signes tout le monde obéit plus soudain qu'aux édits des préteurs et mandements des rois ; et il n'admet aucun délai dans ses sommations. Vous dites qu'au rugissement du lion toutes les bêtes frémissent loin alentour, autant que sa voix peut être entendue : mais je vous certifie qu'au commandement de messire Gaster tout le ciel tremble, toute la terre branle. Son commandement est nommé : « Il faut le faire sans délai, ou mourir ! »

Le pilote nous racontait comment un jour, à l'exemple des membres conspirant contre le ventre ainsi que le décrit Ésope, tout le royaume des Somates (2) conspira contre lui, et conjura de se soustraire à son obéissance. Mais bientôt il s'en ressentit, s'en repentit, et se remit à son service en toute humilité : car, autrement, tous périssaient de famine. En quelque compagnie qu'il soit, toujours il va devant, sans que l'on puisse disputer de supériorité et préférence : y eût-il là rois, empereurs, voire certes le pape...

(1) Ce Gaster, d'après l'étymologie latine, est le symbole du Ventre, ou, mieux encore, de toute la partie corporelle et animale de notre vie humaine.

(2) Nom tiré du mot grec *sôma*, corps, et symbolisant les organes corporels autres que ceux de la digestion.

Pour le servir, tout le monde se gêne, tout le monde travaille. Aussi, pour récompense, il fait ce bien au monde qu'il lui invente tous arts, toutes machines, tous métiers, tous engins et subtilités. Même aux animaux brutaux il apprend des arts qui leur sont refusés par la nature. Les corbeaux, les geais, les perroquets, les étourneaux, il les rend poètes ; les pies, il les fait poétrides, et leur apprend à proférer, parler, chanter le langage humain. Et tout pour la tripe ! Les aigles, gerfauts, faucons, laniers, autours, éperviers, oiseaux errants, pèlerins, rapineux, sauvages, il les domestique et les apprivoise, de telle façon que, les abandonnant en pleine liberté du ciel quand bon lui semble, si haut qu'il voudra, tant qu'il lui plaît, il les tient suspendus, errant, volant, planant, lui faisant la cour au-dessus des nues ; puis soudain il les fait fondre du ciel sur la terre. Et tout pour la tripe ! Les éléphants, les lions, les rhinocéros, les ours, les chevaux, les chiens, il les fait danser, baller, voltiger, combattre, nager, se cacher, apporter ce qu'il veut, prendre ce qu'il veut. Et tout pour la tripe ! Les poissons, tant de mer comme d'eau douce, baleines et monstres marins, il les fait sortir du fond de l'abîme, il jette les loups hors des bois, les ours hors des rochers, les renards hors des tanières, les serpents hors de terre. Et tout pour la tripe. Quand Famine, sa régente, se met en route, partout où elle va tous les parlements sont clos, tous les édits muets, toutes les ordonnances vaines. Elle n'est sujette à aucune loi, mais exempte de toutes. Chacun la fuit en tous endroits, s'exposant plutôt aux naufrages de mer, choisissant plutôt de passer par le feu, par les monts, par les gouffres, que d'être appréhendé d'icelle.

En la cour de ce grand maître ingénieux, Pantagruel aperçut deux espèces de gens, appariteurs importuns et par trop officieux, lesquels il eut en grande abomination. Les uns étaient nommés Engastrimythes, les autres Gastrolâtres.

Les Engastrimythes se disaient descendus de l'antique race d'Euryclès, et sur ce alléguaient le témoignage d'Aristophane, dans la comédie intitulée les *Taons*, ou *Mouches guêpes*. Ailleurs sont nommés Ventriloques, comme parlant du ventre. C'étaient divinateurs, enchanteurs, et abuseurs du simple peuple, semblant parler non de la bouche, mais du ventre, pour répondre à ceux qui les interrogeaient.

Les Gastrolâtres, d'un autre côté, se tenaient serrés par troupes et par bandes. Quelques-uns joyeux, mignards, douillets ; d'autres tristes, graves, sévères, rechignés : mais tous oiseux, rien ne faisant, point ne travaillant, poids et charge inutile de la terre, comme dit Hésiode ; — craignant (selon qu'on pouvait juger) d'offenser leur ventre et d'en maigrir. Au reste, masqués, déguisés, et vêtus si étrangement que c'était belle chose.

Vous dites, et il est écrit par plusieurs sages et antiques philosophes, que l'industrie de Nature apparaît merveilleuse en l'ébattement qu'elle semble avoir pris à former les coquilles de mer : tant on y voit de variété, tant de figures, tant de couleurs, tant de traits et formes non imitables par art. Je vous assure que, dans la vêture de ces Gastrolâtres, nous ne vîmes pas moins de diversité et de déguisement. Tous, ils tenaient Gaster pour leur grand dieu, l'adoraient comme Dieu, lui sacrifiaient comme à leur dieu omnipotent, ne reconnaissaient d'autre dieu que lui, le servaient et aimaient par-dessus toutes choses, l'honoraient comme leur dieu. Plusieurs sont, — desquels souvent je vous ai parlé, — ennemis de la croix du Christ : desquels la mort sera la consommation, desquels leur ventre est le dieu.

Le séjour de nos voyageurs dans le royaume de Messire Gaster, puis leur passage en vue de l'île de Chanep, enfin leur arrivée en vue de l'île de Guanabin, fournissent à l'auteur la matière des neuf chapitres suivants, qui sont les derniers de son *Quart livre* et de son roman tout entier. Mais aucun de ces chapitres n'a plus à nous offrir de passages comparables à ceux qu'on vient de lire ; et il n'est pas mauvais que notre revue sommaire du chef-d'œuvre de Rabelais s'achève sur cette page vraiment merveilleuse où l'écrivain tourangeau, après nous avoir montré une dernière fois la puissance de sa verve lyrique dans sa peinture du pouvoir souverain de Messire Gaster, proclame tout ensemble son respect pour la croix du Christ, et son mépris pour les diverses catégories des Gastrolâtres, « ne reconnaissant ici-bas d'autre dieu que le ventre ».

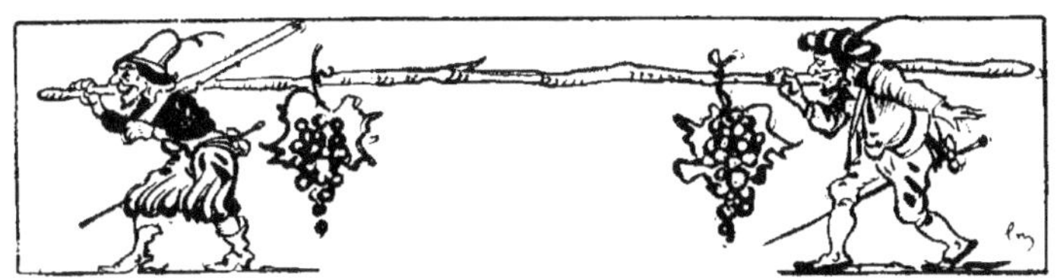

TABLE DES MATIÈRES

ET DES GRAVURES

9771-10. — CORBEIL. Imprimerie CRÉTÉ.